CHARLES BISTAGNE

LA
CHANSON
DE MA VIE

—

POÉSIES

LABORE · AUDENTEQUE · PRUDENTIA · CONSENSU

MONTPELLIER
IMPRIMERIE CENTRALE DU MIDI
(HAMELIN FRÈRES)
—
1887

LA

Chanson de ma Vie

POÉSIES

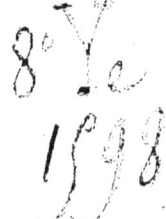

CHARLES BISTAGNE

....

LA

CHANSON

DE MA VIE

—

POÉSIES

MONTPELLIER

IMPRIMERIE CENTRALE DU MIDI

(HAMELIN FRÈRES)

—

1887

PRÉFACE

———

Voici un nouveau recueil de vers, c'est-à-dire une chanson, comme dit l'auteur, une chanson légère et gaie le plus souvent, grave et sérieuse parfois, et toujours morale, qui se produit au milieu de notre époque troublée.

Des vers! murmureront tout d'abord en haussant les épaules les gens moroses, ceux qui se préoccupent avant tout de notre état politique et social; ce n'est pas avec cela qu'on sauvera la nation malade! Sans doute, mais c'est en chan-

tant qu'on parvient parfois à endormir la douleur.

Du reste, ce sentiment est un peu celui de
M. Charles Bistagne, et ce n'est pas sans hési-
tation que l'auteur de *Roses des Alpes* soumet
à ses lecteurs habituels un nouveau recueil de
poésies.

Il n'a fallu rien moins que le souvenir de
l'accueil bienveillant qu'ils ont fait à son premier essai pour le déterminer à passer outre.

Quant au succès, il ne pourrait être douteux,
ce livre étant écrit avec verve et sans autre
prétention que celle d'un passe-temps agréa-
ble.

Ces pensées, écloses spontanément, se sont
échappées des lèvres de l'auteur comme un sourire.

C'est véritablement une chanson, la *Chanson de sa vie*; jamais titre ne fut aussi heureu-
sement trouvé et mieux justifié.

Ces charmantes pages célèbrent tout ce qui
est beau, elles chantent tout ce qui est bon : qui
hésiterait à leur faire un cordial et sympathi-
que accueil ?

On me charge de les présenter au public ; la tâche est des plus attrayantes et des plus faciles ; mais je dois expliquer pourquoi elle m'a été confiée.

Le premier feuillet porte le nom de Lamartine ; il lui est consacré. Ce nom y rayonne ; de là il étend sa protection sur le livre, comme ces images dorées de la sainte Madone que les matelots italiens suspendent à la proue de leurs barques, quand ils prennent la mer par un temps incertain.

Mais ce n'est pas seulement une sorte de talisman qu'a voulu ainsi se donner l'auteur : il était guidé par une autre pensée que je vais dévoiler à sa place, car il lui répugnerait de se mettre en scène lui-même.

Dans les derniers jours de juin de l'année 1850, Lamartine traversait Marseille pour aller prendre possession, en Asie mineure, d'une plantureuse et fertile terre, aussi vaste qu'une province, que la munificence du sultan Abdul-Medjid détachait du domaine impérial pour lui en conférer, à titre viager, la libre direction et tous les revenus.

Il avait accepté ce don avec empressement ; que dis-je ? avec reconnaissance !

Les événements de 1849, la folle expérience que tentait la France, ayant découragé son patriotisme, il désertait la lutte. Il courait là-bas, comme on court au port à travers la tempête. Il entrevoyait le repos d'abord, puis une autre patrie.

Hélas ! il fut bientôt désabusé ! L'homme n'a qu'une patrie, comme il n'a qu'une mère.

Cette France si oublieuse, si ingrate, lui devint cent fois plus chère dès qu'il l'eut quittée !

Mais, en juin 1850, l'expérience n'était pas faite, et dans ce moment il ne songeait plus qu'à appareiller.

L'inconnu lui souriait comme une promesse de bonheur. La mer elle-même, qui étincelait sous un beau ciel d'été, le conviait au départ.

De la jetée il sondait l'horizon, impatient d'aborder à Smyrne et devenir l'hôte de cette belle Ionie qui avait eu la gloire d'enfanter le divin Homère ; il s'enivrait de la pensée de puiser, aux sources mêmes de la poésie, ses dernières inspirations, et de placer sa tombe près

du berceau du plus grand des poëtes qu'ait pro-
duits le monde.

La Providence n'a pas permis que ce vœu fût
réalisé. Les cendres de Lamartine reposent à
Saint-Point; la France les a gardées!

La veille même du jour où le navire devait
mettre à la voile, M. Noésim D***, poëte émi-
nemment doué, qui encourageait les timides
essais de Charles Bistagne, le conduisit à la
villa qu'occupaient Lamartine et ses compagnons de route : Mme de Lamartine, MM. de
Chamborand et de Champeaux.

C'était une bonne fortune presque inespérée,
car l'accès n'était pas banal, une consigne sé-
vère protégeant l'incognito de l'exilé volon-
taire. Mais les consignes n'existaient pas pour
Noésim, apprécié et aimé de Lamartine.

Lorsque la porte s'ouvrit, le protecteur et
le protégé s'avançaient presque aussi troublés
l'un que l'autre.

« — Voilà un bien jeune compagnon pour
vous », s'empressa de dire Mme de Lamartine,
qui voulut les mettre à l'aise en interrogeant
la première.

1*

En effet, Charles Bistagne, qui touchait à
peine à sa dix-septième année, était d'une com-
plexion délicate ; il avait des yeux bleus et
craintifs, des cheveux blonds qu'il portait assez
longs et un visage imberbe : tout cela indiquait
à peine une frêle adolescence.

« — Madame », dit Noésim en s'inclinant, « il
est pour moi plus qu'un camarade, c'est un frère !

» — Qui vous arrive d'Angleterre, alors ? »
se prit à dire Lamartine en souriant, car le
contraste des deux natures indiquait une diffé-
rence évidente de race et d'origine.

« — Un frère en poésie !

» — J'aurais dû le deviner », reprit Mme de
Lamartine.

« — Qui a pour vous, bien-aimé Maître »,
continua Noésim en s'animant, « une adoration
égale à la mienne. Vous le voyez ému et trem-
blant comme un néophyte qui pénètre dans le
sanctuaire. »

Lamartine examina plus attentivement Charles Bistagne ; puis il lui tendit la main pour
l'attirer à son côté sur le divan, et il ajouta
avec une bienveillance extrême :

« — Voyons, mon jeune confrère, dites-nous vos vers. »

Mis ainsi directement en demeure, l'adolescent, dont le trouble grandissait, ne put rien bien ressaisir dans sa mémoire.

La pensée, d'ailleurs, qu'il allait être jugé par le Maître lui ôtait la parole.

M. Noésim D*** lui vint amicalement en aide, et, faisant appel à ses souvenirs, put réciter quelques strophes adressées à... une rose des bois.

« — C'est charmant ! » s'écria Lamartine avec une courtoisie bien propre à rassurer le patient ; « vous parlez des fleurs comme seuls en parlent ceux qui les comprennent et les aiment !

» N'est-ce pas », ajouta-t-il avec un mouvement d'interrogation circulaire, « que ces gracieux sujets sont faits pour ces têtes blondes ? »

Puis, tout en passant sa main patricienne dans les boucles qu'il emmêlait un peu, et se tournant vers Noésim :

« — Plus tard, comme vous et moi, il ne songera qu'à chanter Dieu ! »

Une heure viendra sans doute où nous ver-
rons M. Charles Bistagne accomplir pieuse-
ment cette parole du Maître ; mais rien ne
presse, le poëte est jeune et ses pensées sont
restées aussi jeunes que lui ; il peut s'attarder
encore à « effeuiller les marguerites », à écouter
« les oiseaux roses » qui chantent le printemps
dans les grandes platanes de son jardin... Rê-
vons le plus possible, la réalité nous réveille
assez vite !

Une première, une grande douleur l'a déjà
jeté « aux pieds d'un christ », et voyez les beaux
vers qu'il y a murmurés !

Il aura, hélas ! assez d'occasions de s'age-
nouiller plus tard, car les épreuves se multi-
plient au fur et à mesure qu'on avance dans
la vie.

A chaque jour sa tâche : celle d'aujourd'hui,
c'est l'acquit de la dette d'admiration et de reconnaissance que, dans un des plus beaux jours
de son extrême jeunesse, il a contractée en
face de Lamartine.

Charles LABOR.

A M. Ch. Labor

———

LAMARTINE

———

Que l'on soit homme ou Dieu, tout génie est martyre !..,
(A. DE LAM.)

I

L'empire était fondé. De victoire en victoire,
César venait d'atteindre au zénith de la gloire ;
Son aigle, qu'attendait le plomb de Waterloo,
Du soleil d'Austerlitz jusqu'aux neiges d'Eylau

Étendait fièrement son aile colossale.
La France avait alors l'Europe pour vassale ;
Et, sur le champ d'honneur quand tombaient ses enfants,
Ils avaient pour linceuls leurs drapeaux triomphants !

Mais le peuple était las de ces conquêtes vaines,
Que les mères payaient du pur sang de leurs veines :
Tandis que Bonaparte amassait des lauriers,
La misère et le deuil désolaient nos foyers ;
Dans nos champs, les moissons s'égrenaient sur la terre,
Les bras manquaient partout... ils fauchaient à la guerre !
La famille, pleurant sur ses fils en danger,
Maudissait le héros qu'a chanté Béranger.
Le plaisir énervant la jeunesse des villes,
L'esprit ne concevait que des œuvres futiles ;
Et, voyant dévier l'art de son noble but,
Les Muses se mouraient au fond de l'Institut...

C'est alors qu'un enfant, bercé par le génie,
Fit ouïr sa première et touchante Harmonie ;
Et la France, longtemps oublieuse de Dieu,
Se suspendit, croyante, à ces lèvres de feu
D'où s'épanchaient la foi, l'amour et l'espérance,

Ces divins endormeurs de l'humaine souffrance !
Plus brillant que jamais, du fond de son tombeau
L'Art reprit son essor vers les sphères du Beau ;
Et, vibrante à travers la sanglante épopée,
Lamartine ! ta voix consola de l'épée...

Lamartine ! ton nom, mille fois répété,
S'imposait d'un seul coup à la postérité ;
Ton grand nom, dont la France à jamais se décore,
Les brises d'Orient le murmurent encore ;
Dans l'île des Pêcheurs, où l'amour t'exila,
Au pied de l'oranger où dort Graziella,
Tes vers mélodieux, les filles de Sorrente
Les redisent en chœur sous « la haie odorante »...

Elvire ! si ton ombre émerge de l'oubli,
Tu le dois à ce chant du Cygne de Milly :

« O lac ! l'année à peine a fini sa carrière,
» Et, près des flots chéris qu'elle devait revoir,
» Regarde ! je viens seul m'asseoir sur cette pierre
        » Où tu la vis s'asseoir...»

Il chante ; et le flot bleu, que cette voix captive,
A ses pieds lentement vient mourir sur la rive...
Et la nature écoute ; et le cœur du méchant
Se demande, amolli par ce merveilleux chant,
Si la voix vient du ciel, de l'onde ou de la terre ;
Et, pour l'ouïr encor, le monde de se taire...

Toi, qui vivais cachée aux bords des flots amers,
Comme un grain de corail dans le sable des mers,
Ton nom eût-il jamais, belle Napolitaine,
Éveillé les échos d'une rive lointaine,
Si les hymnes d'amour qu'à tes pieds adorés
Lamartine, à vingt ans, jadis à soupirés ;
Si ses touchants regrets et ses premières larmes
Ne t'avaient consacrée en des vers pleins de charmes ?
Qui de Graziella, cette fleur de beauté,
Naples, se souviendrait sous ton ciel enchanté,
Si ce génie, un jour l'effleurant de son aile,
D'un enfant de pêcheurs n'eût fait une immortelle ?
Et, pendant qu'enchaîné dans un amour naissant,
Dans l'île d'Ischia, le bel adolescent

Effeuillait son printemps au doux vent des chimères,
Sous le toit qu'il a fui la meilleure des mères,
Attendant chaque jour le retour de son fils,
Épanchait sa douleur au pied d'un crucifix...

Mères ! pourquoi trembler, quand l'amour nous enlace,
Que votre sainte image en nos cœurs ne s'efface ?
La voix de votre sang, femmes, qui crie en nous,
Nous fait, loin du foyer, ressouvenir de vous...
Tel un cygne entraîné par l'ouragan sauvage
Et qu'un puissant reflux remène à son rivage,
Dérobant sa jeunesse aux tourmentes du cœur,
Tel revint à Milly l'illustre voyageur.

II

Le génie a besoin de lumière et d'espace ;
A ses ailes il faut, — comme à l'oiseau qui passe
Et se hâte, en chantant, vers l'horizon vermeil, —
La liberté, l'air pur, les baisers du soleil !

Marseille vit un jour, sur un léger navire,
S'enfuir à l'Orient le doux chantre d'Elvire.
De la contrée heureuse où tendaient ses efforts
A peine Lamartine avait touché les bords,
Que l'Arabe, inspiré de l'esprit de lumière,
Ouvrait à l'Émir franc sa tente hospitalière...
Le vieux monde, entrevu dans un rêve enchanté,
Dans toutes les splendeurs de la réalité
Se déroulait enfin à ses regards avides...
— Mais les jours de bonheur ont des ailes rapides ! —

Lorsque revint l'Émir du pays d'Orient
(Nos cœurs en ont gardé le souvenir navrant),
Le deuil, qui nous poursuit jusqu'au sein d'une fête,
Entremêlait le crêpe au laurier de sa tête :
Lui, que nous avions vu s'envoler triomphant,
Revenait malheureux... il n'avait plus d'enfant !
Julia (ce reflet de la grâce du Maître),
La douleur l'escortait au lieu qui la vit naître ;
Et les fleurs de Saint-Point ne devaient plus, en deuil,
Parfumer de leur sœur, hélas ! que le cercueil.
Pauvre enfant que la vie à peine avait bercée !
Etoile de ce monde à jamais éclipsée !...

III

La France, — ce vaisseau battu par le malheur, —
Vers l'inconnu voguait, implorant un sauveur...
La fausse liberté, compagne de l'orgie,
Étalait dans Paris sa brutale énergie,
Et, foulant sous ses pieds le valeureux drapeau,
Hissait des mauvais jours le sanglant oripeau,
Quand, du haut du perron que l'émeute environne,
La voix de Lamartine éclate, vibre et tonne...
C'est en vain qu'au-dessous la lave ardente bout,
Fier, sur son piédestal le grand homme est debout !
O glorieux prodige ! armé de la parole,
Il défend le drapeau qui flotta sur Arcole
Et dont les trois couleurs, se déroulant au vent,
Auréolent son front d'un arc-en-ciel mouvant !
Il parle... et, comme un flot que la digue refoule,
Des révoltés soudain se disperse la foule...
Puis du vaillant tribun et du poëte aimé
Par l'univers ému le nom est acclamé !...

Cependant cet élu, ce roi de la tribune
Qui du pays, la veille, a sauvé la fortune,
Celui-là maintenant, — c'est le sort des héros, —
Dans ses admirateurs rencontre des bourreaux...
O France ! à peine a-t-il refermé tes blessures
Que déjà de la haine il subit les morsures ;
Lui, qu'Athènes païenne eût mis au rang des dieux,
Ainsi que Prométhée au vautour furieux,
Du rocher du Pouvoir, où son honneur le lie,
Il présente ses flancs aux démons de l'Envie...
Et ce cœur de titan, qu'ils mettent en lambeau,
Ce cœur renaît toujours plus aimant et plus beau !

Il quitta le Pouvoir, grandi par la détresse,
En fils du mendiant illustre de la Grèce.
Drapé dans le manteau du devoir accompli,
— Pauvre et grand comme Homère, — il revient à Milly,
Où, sous les vieux tilleuls, on l'entend qui soupire :
« Que l'on soit homme ou Dieu, tout génie est martyre...»
Mais le martyre mène à l'immortalité :
C'est par lui que Jésus à la gloire est monté !

. . . .

C'est en vain qu'étreignant son faisceau de lumière,
Le soleil se dérobe à la nature entière :
Un nouveau jour se lève, et l'astre-roi des cieux,
Aussi pur que la veille, apparaît à nos yeux...
Par tes œuvres, où brille une flamme divine,
Ainsi tu renaîtras sans cesse, Lamartine !
Et, comme le soleil que rien ne peut ternir,
Ta gloire éblouira les siècles à venir !

6 mai 1880.

LIVRE I

EN PROVENCE

LA

CHANSON DE MA VIE

LE CHANT D'UN PASSAGER

(Retour de Londres)

Brume au ciel, brume sur la terre,
Brume partout :
Deuil éternel sur l'Angleterre !
Brume au ciel, brume sur la terre,
Brume partout :
Sous ce linceul, Londres debout.

Londres ! Londres ! ville maudite,
         Je fuis tes bords,
Tes bords que l'affreux spleen habite !
Londres ! Londres ! ville maudite,
         Je fuis tes bords,
Le cœur plein de joyeux transports.

Il me suffit d'un pays libre,
         D'un beau ciel bleu ;
Sous mes doigts, pour que le luth vibre,
Il me suffit d'un pays libre,
         D'un beau ciel bleu,
D'un sol aimé, béni de Dieu !

Heureux, ô ma belle Provence !
         Qui peut revoir
Ton ciel d'azur, ton golfe immense !
Heureux, ô ma belle Provence !
         Qui peut revoir
Tes brunes filles à l'œil noir !

Heureux, charmant pays des Gaules,
         Des troubadours,
Qui peut le soir, sous tes vieux saules,

Aller, — charmant pays des Gaules,
        Des troubadours, —
Rêver de ses douces amours !

Heureux qui peut revoir encore
        Tes blancs îlots,
Mamelons que le soleil dore !
Qui peut, comme moi, voir encore
        Tes blancs îlots,
O mer, caressés par tes flots !

Salut, ma blanche maisonnette
        Aux rouges toits !
Ma vieille mère et ma brunette !
Salut, ma blanche maisonnette
        Aux rouges toits !
Provence ! enfin je te revois...

Fête au ciel, fête sur la terre,
        Azur partout !
Partout la vie et la lumière...
Fête au ciel, fête sur la terre,
        Azur partout !
Dans l'azur, Marseille debout !

A Mademoiselle Julie Ponson

LA COQUETTE

Enfants! n'enviez point notre âge de douleurs!
(V. H.)

« Tu n'as que cinq ans, Blondinette,
Et cependant, c'est inouï,
Tu voudrais, petite coquette,
Porter des bijoux? — Eh bien, oui...

3

» Je voudrais être grande fille,
Grande et belle, comme ma sœur...
» — Pourquoi pas mère de famille ? »
Reprit l'aïeule avec douceur.

« Baronne ou duchesse, n'importe !
Vous auriez, Madame, un blason
D'azur et d'or sur votre porte,
Vingt serviteurs dans la maison.

» Vous porteriez, comme marraine,
Dont l'hymen a comblé les vœux,
A vos doigts des brillants de reine,
Et des perles dans vos cheveux.

» Mais vos vingt ans, jeune baronne,
Ne sont pas encor révolus ;
S'ils l'étaient, songez donc, mignonne,
Que j'aurais, moi, quinze ans de plus.

»...Ne sais-tu pas, quand je te gronde,
Que le bon Dieu se fâche aussi?
Et qu'il punit dans l'autre monde
Ceux qui font mal en celui-ci ?

» Qu'un excès de coquetterie
(Comprends-tu bien ce que je dis ?)
Fait pleurer la Vierge Marie,
Notre mère du Paradis ?

» Ah ! comme toi, que de fillettes,
Mon ange, ont souhaité jadis
D'avoir de brillantes toilettes,
Des colliers ornés de rubis,

» Et qui regrettent, à cette heure,
Boudant leur miroir, comme moi,
L'âge d'innocence où l'on pleure
Et l'on rit sans savoir pourquoi !

» Ah ! que sans nul regret, ma chère,
Je donnerais tous mes bijoux »
(Soupira la bonne grand'mère),
« Pour tes cinq ans et tes joujoux !

» Parfois, quand l'enfance nous quitte,
L'ange gardien nous dit adieu...
Réjouis-toi d'être petite :
Les petits sont grands devant Dieu ! »

LE CAPTIF

—

Oh! que j'aime vous voir, gracieuse Andalouse,
Fouler cette pelouse,
Qui déroule pour vous son velours caressant!
J'aime vous voir glisser à travers le feuillage
Et poursuivre de loin cet insecte volage
Qui promène au soleil son corps éblouissant.

3*

Vous le tenez : eh bien ! permettez qu'il repose
        Sur votre lèvre rose ;
Pour elle, il oublîra la plus belle des fleurs...
Mais je souris de voir son aile prisonnière
Dorer votre baiser de sa blonde poussière :
Tout ce qui reste, hélas ! de ses vives couleurs.

Ah ! mignonne, rendez aux lis de la prairie,
        Rendez, je vous en prie,
Ce frêle papillon qui tremble sous vos doigts...
Délivrez-le ! pour lui je vous demande grâce ;
Je laisserai vos mains m'enchaîner à sa place...
Et vous ferez ainsi deux heureux à la fois !

A ESPÉRANDIEU

—

La gloire souriait à ton âme ravie :
Tu grandissais toujours, quand la fatalité
T'a détaché soudain de l'arbre de la vie
Comme un fruit vigoureux qui tombe avant l'été.

Cependant ta pensée, à l'air pur asservie,
Était déjà transmise à la postérité ;
Ton siècle a salué ce palais enchanté
Que la France du Nord à la Provence envie.

Toi, qui trempas ta lèvre à la source du Beau,
Génie au vol puissant, tu ne pouvais descendre
Des sereines clartés dans la nuit du tombeau :

Et, tel que le phénix se lève de sa cendre,
Tu renais, triomphant, au cœur de la cité,
Le front ceint de rayons et d'immortalité !

—

EFFET DE NEIGE

—

De leurs nids à demi détruits
Les doux chanteurs se sont enfuis ;
Dans un pan jauni de sa robe
Emportant ses fleurs et ses fruits,
L'automne à nos yeux se dérobe...

La terre a perdu ses atours ;
L'azur du ciel pâlit, s'efface ;
L'hiver sur un trône de glace
S'assied en maître... Adieu, beaux jours!

C'en est fait, la nature est morte ;
Et les pauvres enfants, pieds nus,
Les petit aimés de Jésus,
Vont mendier de porte en porte;
Et les portes ne s'ouvrent plus,
Car les frileuses châtelaines,
Qui semaient la joie à mains pleines,
Ont fui les champs pour la cité ;
Et, jusqu'aux floraisons nouvelles,
Voici que s'envole avec elles
Leur bon ange : la Charité !

Cependant du Maître du monde,
Ami, la sagesse profonde
Se révèle en tout ce qu'il fait :
Sous la neige couve la rose,
A germer le grain se dispose ;
Oui, l'hiver, que Dieu nous impose,
Sous son manteau cache un bienfait...

En attendant que la nature
Reprenne sa verte parure ;
Qu'avril, des beaux jours escorté,
Lui rende ses fleurs, sa beauté !
En attendant que l'hirondelle
Revienne effleurer de son aile
Mon vieux saule aux cheveux flottants ;
Quand tout meurt, satisfaits de vivre,
Ami, que notre cœur se livre
A l'espoir d'un heureux printemps !

A Monsieur Antonin Glaize

—

LE FRANC-TIREUR

(Simple récit)

—

Il n'avait pas vingt ans. Il adorait sa mère ;
Mais, avant toute chose, il aimait son pays ;
Ayant quelque fortune et de puissants amis,
Aux hasards des combats il pouvait se soustraire.

4

Brave enfant de Provence, il partit pour la guerre,
Et de nos francs-tireurs fut l'un des plus hardis :
Dieu seul a pu compter tous les reîtres maudits
Que sa balle homicide a couchés sur la terre.

Bravant le froid, la neige et le feu des Prussiens,
Il combattit, deux mois, à la tête des siens :
Comme nous, il croyait encore à la victoire...

Un soir, au fond des bois, errait le franc-tireur,
Quand un éclat d'obus vint le frapper au cœur :
Heureux ceux dont la mort fait vivre la mémoire !

A Monsieur de Berluc-Pérussis

—

PLUIE ET SOLEIL

—

— De mes baisers de feu je féconde la terre.
— J'y répands de mes eaux le tribut salutaire.
— Elle doit sa splendeur à mon rayonnement.
— De tes funestes coups je préserve ses roses.
— De chaque goutte d'eau qu'en leur sein tu déposes,
    Je fais un diamant !

— Diamant qui ne doit son éclat éphémère
Qu'au jeu capricieux, soleil, de ta lumière ;
Saphir sur le bluet dont il prend la couleur,
Rubis sur l'amarante et sur l'herbe émeraude,
A peine y brille-t-il, qu'un insecte qui rôde
      L'aspire sur la fleur !

— Roi de l'immensité, sur la nature entière
J'exerce ma puissance et poursuis ma carrière...
Des Alpes m'élançant bien au delà des mers,
Vois ! j'irise le ciel d'une courbe hardie,
Et, dans l'or du couchant, j'allume un incendie
      Sur les gouffres amers...

Tu tombes, je m'élève ! et tel est mon prestige
Que l'aigle qui m'approche est frappé de vertige...
Sous les noms d'Osiris, d'Apollon et de Bel,
L'Égypte, la Chaldée et la Grèce païenne,
Me rendaient comme à Zeus, avant l'ère chrétienne,
      Un culte solennel.

Des bardes m'ont chanté sur le luth d'Ionie ;
De l'Aveugle immortel j'exaltai le génie ;
Et l'Africain vénère encor l'astre de feu !

Depuis quatre mille ans l'univers me contemple...
— Tes autels sont détruits... — Mais j'ai le ciel pour
       Et je suis toujours dieu !   [temple !

—Dieu qu'un esprit caché fait mouvoir dans l'espace,
Qui s'éclipse devant le nuage qui passe,
Et dont quarante jours je voilai le flambeau,
Alors que, submergé par les flots du déluge,
Le monde n'offrit plus aux regards de son Juge
       Qu'un immense tombeau !

— Pour repeupler la terre, après ce grand désastre,
Elohim évoqua la puissance d'un astre ;
Et mon front, dans les airs, resplendit de nouveau !
Et les oiseaux, joyeux, s'envolèrent de l'arche ;
Et sur le monde ancien la voix du patriarche
       Chanta le renouveau !

— Agents mystérieux des volontés suprêmes,
La pluie et le soleil ne sont rien par eux-mêmes :
Jéhova seul dirige et tes feux et mes eaux,
Et c'est lui, dans les jours de sa sainte colère,
Qui, pour venger les cieux des crimes de la terre,
       Fait de nous des fléaux !

                    4*

La puissance est à Dieu, sagesse des sagesses,
Qui dispense ou retire à son gré ses largesses,
Et fait en ce moment pâlir ton front vermeil ;
Au Maître qui voulut que ce monde éphémère
Fût traversé de joie et de douleur amère,
       De pluie et de soleil !

LA GRACE

—

La beauté plaît toujours ; mais la grâce, Madame,
A pour nous des attraits que n'a point la beauté ;
D'un sentiment plus doux la grâce remplit l'âme :
C'est un reflet charmant de la divinité.

Elle ennoblit le geste, — et vos regards de flamme
Lui doivent leur puissance et leur suavité.
Elle aime à se suspendre aux lèvres de la femme,
Ces roses de l'amour et de la volupté.

Par le bon goût s'obtient l'élégance suprême ;
Mais son aimable sœur, la grâce, est d'elle-même...
Ah ! croyez-en ces vers éclos sous vos yeux doux

(Vers non point sans défauts, mais exempts d'imposture):
L'élégance est dans l'art, la grâce en la nature,
La beauté dans la forme, — et les trois sont en vous !

LE RÊVE

—

C'était minuit. L'oiseau caché dans l'ombre
Joignait sa plainte au bruit sourd des torrents ;
L'étoile au ciel, sous un nuage sombre,
Ne jetait plus que des regards mourants...
Seul à cette heure, endormi sur la grève,
Un heureux songe en moi s'était glissé :
Un beau génie apparut dans mon rêve...
Hélas ! pourquoi ce rêve a-t-il cessé ?...

Penché vers moi, sa voix enchanteresse
Me dit : « Je t'aime et t'aimerai toujours ! »
A l'instant même, ô pure et courte ivresse !
Je crus toucher aux célestes amours...
Mon Dieu ! pendant cette nuit délirante,
De tout l'amour que j'avais amassé
Le feu passa sur sa lèvre brûlante...
Hélas ! pourquoi mon rêve a-t-il cessé ?...

« Viens avec moi ! les portes éternelles
S'ouvrent toujours pour un hôte des cieux.
Viens ! me disait cet ange aux blanches ailes,
Fuyons ensemble au séjour des heureux... »
Et cependant ce n'était qu'un beau rêve,
Rêve fatal, dont mon cœur fut bercé,
Rêve d'amour que le tourment achève...
Hélas ! pourquoi ce rêve a-t-il cessé ?

A Madame Maussion de Candé

—

LA COLOMBE ET LE VIEUX SOLDAT

—

Au fond d'une étroite mansarde
Qu'ébranlaient tous les vents du nord,
Un débris de la vieille garde
Allait finir son triste sort.

Rien ne troublait sa solitude,
N'étaient les pierrots, — fol essaim
A qui sa main, par habitude,
Jetait quelques miettes de pain.

Charmants voltigeurs de gouttière,
Vagabonds des plaines du ciel,
Sous son treillis, libre volière,
Ils accouraient à son appel.

Leur vol bruyant, leur caquetage,
Trompaient l'ennui du bon vieillard ;
Mais une colombe sauvage
Captivait surtout son regard.

Dès l'aube, elle était la première
A saluer le vieux guerrier
De ses ronrons, et la dernière
A s'envoler vers le hallier.

Pourtant, pour saisir la coquette,
Quand notre homme étendait la main,
On la voyait, tout inquiète,
Lestement rebrousser chemin...

Pour le soldat s'ouvrit la tombe,
Mais partir seul est un ennui :
Or, Dieu permit que la colombe
Mourût en même temps que lui ;

Et leurs âmes, comme une flamme,
S'envolèrent au pays bleu...
(Cette colombe avait une âme ;
Le conte le dit, croyons-le.)

Dieu sait quelle surprise extrême
Au vieillard l'oiseau dut causer,
Quand celui-ci vint de lui-même
Sur son épaule se poser :

« — M'expliqueras-tu ce mystère ?
» Tu me fais fête au paradis,
» Et quand nous étions sur la terre,
» Tu t'éloignais de moi, jadis...

» — Ici, je crains peu ton approche,
» Mais, là-bas, j'avais peur... — De quoi ?
» — D'être mise un jour à la broche !
» — Oh ! dit l'homme, avoir peur de moi !..

» J'avais l'air féroce, à t'entendre ?

» — L'air féroce ? non, mais la dent :

» Quand on n'a rien pour se défendre,

» C'est bien le moins d'être prudent ! »

A Madame Rose B***

———

LES BRILLANTS

———

Vos pendants sont très-beaux, Madame ; en vérité,
Je ne puis me lasser d'admirer ces merveilles.
Dieu, qui sait toutefois le prix qu'ils ont coûté,
Aurait bien dû créer la femme sans oreilles.

A M. de Berluc-Pérussis

———

VAUCLUSE

———

«J'aime ton ciel, Vaucluse, et ces bords enchanteurs
Où, jadis, égrenant ses strophes immortelles,
Pétrarque se berçait aux murmures flatteurs
Que font, en se jouant, tes blanches cascatelles !

5*

» Mais combien de tes fils, de tes cygnes chanteurs,
Sur leur dernier sommeil ont replié leurs ailes,
Alors que, défiant les siècles destructeurs,
Ta fontaine a gardé ses splendeurs naturelles ? »

Ainsi disais-je, ami, par un riant matin ;
Puis je pensais à vous, à votre fière Muse
Qui jette un tel éclat dans le monde latin,

Qu'un jour nos petits-fils,—si mon cœur ne s'abuse,—
Accourront à Porchère aussi bien qu'à Vaucluse,
Et vous y fêteront comme le Florentin.

*A M. R. S'***

——

DANS UNE SERRE

Pendant qu'il neigeait

——

En dépit de l'hiver morose,
Et par un heureux contre-sens,
Flore émaille de sa main rose
Tes gazons toujours renaissants.

Le poëte, l'âme en extase,
S'assied sous tes pins-parasols,
Et rêve... écoutant l'eau qui jase,
Qui jase avec tes rossignols.

Ainsi, quand de neige ou de givre
Nos bois et nos champs sont couverts,
Avec bonheur tu fais revivre
Le printemps au cœur des hivers !

Ah ! si les peuples de la terre
Pouvaient, comme les belles fleurs
Que j'admire dans ton parterre,
Confondre leurs rangs, leurs couleurs !

Et, comme les gracieux êtres
Qui gazouillent en ce doux lieu,
Pouvaient vivre sans autres maîtres
Que la belle nature et Dieu !

A Monsieur le Vicomte Auguste de Margon

———

AU MOIS DES ROSES...

———

Les favoris du Ciel meurent en pleine aurore...
(DE LAPRADE.)

« Les roses de mai vont éclore ;
Mes chers amis, comme autrefois,
Que ne puis-je avec vous encore
Aller rêver au fond des bois !

» Et vous qui, par des cris de fête,
Allez saluer le printemps,
Oiseaux qu'épargna la tempête,
Vous chantez! je courbe la tête,
Je meurs, et je n'ai pas vingt ans!

» En vain la terre me convie
A ses plaisirs, à ses amours ;
A peine bercé par la vie,
La Mort, faucheuse inassouvie,
Va trancher le fil de mes jours...

» Mais Celui qui voit mon martyre
Pourrait me ravir au trépas !
Mais Celui par qui tout respire
Pourrait d'un regard, d'un sourire,
Fermer le gouffre sous mes pas !

» Foyers bénis! et toi qui brilles
Peut-être sur mon dernier soir,
Soleil! qui ris sous les charmilles
Aux chœurs dansants des jeunes filles,
Pour moi n'est-il donc plus d'espoir ?...

» Les roses de mai vont éclore ;
Mes chers amis, comme autrefois,
Que ne puis-je avec vous encore
Aller chanter au fond des bois !

» C'en est fait... mon âme engourdie
Cherche en vain à prendre l'essor ;
Plus de fleurs, plus de mélodie !
Sur la pelouse reverdie
Je n'irai plus m'asseoir encor.

» Ange gardien, mon bon génie,
Viens, du moins, à mon cœur blessé
Faire, à l'heure de l'agonie,
Entendre la douce harmonie
Qui dans les langes m'a bercé ! »

. . . .

Pauvre enfant ! il chante, il ignore
Que sa voix fait couler nos pleurs ;
Chante, infortuné, chante encore !
Aux accords de ton luth sonore
Nos cœurs répondront, si tu meurs...

Les fleurs du printemps sont écloses,
Les oiseaux jasent dans les bois ;
Seul, notre ami reste sans voix,
Par un beau jour du mois des roses...

A une Jeune Écolière

———

LA FOURMI

———

« Cette fourmi, bien que petite,
Fait un métier, dis-tu, fort dur? »
Mais le fabuliste a, pour sûr,
Beaucoup trop vanté son mérite.

6

En pure perte elle s'agite ;
Dès l'aurore, le long du mur,
Je la vois, au lieu d'un grain mûr,
Qui traîne un fétu vers son gîte.

Ainsi ton esprit insoumis,
A la manière des fourmis
      Travaille ;

A ton maître, au lieu de bons grains,
Tu ne rapportes que des brins
      De paille...

MARIE

Mélodie

I

Quand le sommeil, ce bon génie,
Vient poser son aile bénie
Sur mon front tout chargé d'ennui ;
Enfant, quand la fée aux doux songes,
De ses plus séduisants mensonges
Vient me bercer pendant la nuit,

Pourquoi m'éveiller, ma chérie,
Si le réveil fait tant souffrir?
Ah! sous vos grands yeux noirs, Marie,
Laissez-moi, laissez-moi dormir!

II

Qu'a dit l'oracle des prairies,
Que dans vos douces causeries,
Ce soir, vous consultiez tout bas?

Qu'a répondu, ma bien-aimée,
L'étoile blanche et parfumée
Qu'en ce moment foulent vos pas?

Si la fleur a dit, ma chérie,
Que nos amours doivent finir...
Ah! sous vos grands yeux noirs, Marie,
Laissez-moi, laissez-moi dormir!

III

Pourquoi m'éveillez-vous encore ?
Un plus beau jour vient-il d'éclore ?
Les hommes sont-ils moins méchants ?
Parmi nous la faux homicide,
Enfant, fait-elle moins de vide ?
Aux pleurs succède-t-il des chants ?

Mais rien n'est changé, ma chérie ;
Ici-bas tout naît pour mourir...
Ah ! sous vos grands yeux noirs, Marie,
Laissez-moi, laissez-moi dormir !

—

LA CHANSON DU FUSEAU

—

« Malheur à qui préfère
La ville à son hameau !
Écoutez », fit grand'mère,
« Ce que dit mon fuseau :

» Bettly, la paresseuse »,
Commença la fileuse,
« Des rives de la Meuse
Partit un soir d'été...
Gaîment elle chemine,
Oubliant sa chaumine
Que la lune illumine
De sa douce clarté...

» Malheur à qui préfère
La ville à son hameau !
Ecoutez », fit grand'mère,
« Ce que dit mon fuseau :

» Dieu te garde, pauvrette,
De l'amour qui te guette !
Tôt ou tard l'alouette
Trouve son oiseleur.
Comment ne point entendre
D'amour la voix si tendre ?
Elle sait si bien rendre
L'accent de la douleur !

» Malheur à qui préfère
La ville à son hameau !

Écoutez », dit grand'mère
En tournant son fuseau :

« L'amour, comme l'abeille,
Pique quand on l'éveille :
Bettly, blonde vermeille,
L'éveilla par malheur
Au bal, dans un quadrille
Où l'orgueilleuse fille
Portait riche mantille, —
Prix de son déshonneur !

» Malheur à qui préfère
La ville à son hameau !
Ecoutez », fit grand'mère,
« Ce que dit mon fuseau :

» Son amant infidèle
Bientôt s'éloigne d'elle ;
L'honneur, dit-il, l'appelle
Aux dangers des combats...
Et Bettly, la légère,
Regagne sa chaumière ;
Dans sa douleur amère,
Elle disait tout bas :

» Malheur à qui préfère
La ville à son hameau ! »
Et, pensive, grand'mère
Arrêta son fuseau...

SUR L'ALBUM D'UNE JEUNE FILLE

—

De l'amour maternel, pauvre jeune orpheline,
Dès le berceau, dit-on, votre cœur fut sevré :
« Ma mère ! » ce doux nom, votre lèvre enfantine
Ne l'a point murmuré...

Votre front, jeune encore, a saigné sous l'épine ;
Mais un ami vous reste : un vieillard vénéré...
Que le sentier du bien, où lui-même chemine,
    Vous soit toujours sacré !

Recherchez l'amitié, dont la voix nous console,
Nous berce jusqu'à l'heure où notre âme s'envole
    Au céleste séjour ;

Mais Dieu vous garde, enfant, de ce dangereux rêve
Qu'un sourire commence et qu'une larme achève,
    Et qu'on appelle : Amour !

L'ADIEU

I

Demain, l'aube du jour pour toi sera vermeille ;
Mais cette aube pour moi sera bien triste, hélas !
Car ta voix qui, ce soir, charme encor mon oreille,
A l'heure du réveil je ne l'entendrai pas !
En vain je reviendrai, sur la plage déserte,
Mêler au bruit des flots mes regrets superflus ;
Ta porte, qui pour moi tant de fois s'est ouverte,
Demain pour ton ami ne se rouvrira plus.

7

Tu pars... sur cette rive où bat le flot sonore,
Désormais, ô douleur ! seul je viendrai m'asseoir.
Ah ! donne-moi ta main pour une fois encore ;
Au pauvre cœur brisé souris encore un soir !

II

C'en est fait ! loin de moi le sort jaloux t'exile ;
Et cependant je t'aime et toujours t'aimerai !
Dans le sein des plaisirs, loin de ce bord tranquille,
Bientôt tu m'oublîras... moi je me souviendrai !
D'un fol espoir mon âme, hélas ! s'était bercée.
Hier encor, je croyais à l'amour, au bonheur...
Et tu pars ! emportant ma plus douce pensée ;
Et mon cœur désolé s'envole avec ton cœur !

Tu pars... sur cette rive où bat le flot sonore,
Demain, je serai seul avec mon désespoir.
Ah ! donne-moi ta main pour une fois encore ;
Au pauvre cœur brisé souris encore un soir !

III

Adieu ! rien qu'un baiser, un seul baiser de frère.
Mais que vois-je ? une larme a terni ton œil bleu :
Cette perle du cœur, sans doute la dernière,
Laisse-moi l'essuyer dans un baiser d'adieu...
Adieu ! mais loin d'ici, pense à moi, jeune femme ;
Songe au pauvre exilé qui n'a plus qu'à gémir
Et qui garde à jamais, dans le fond de son âme,
Ce rayon de bonheur qu'on nomme souvenir !

Adieu !.. sur cette rive où bat le flot sonore,
Demain je serai seul avec mon désespoir :
Ah ! donne-moi ta main pour une fois encore ;
Au pauvre cœur brisé souris encore un soir !

A M. et Mme *R. Ponson*

———

ÉDOUARD PONSON

———

Que la gloire est lente à venir
Et que notre existence est brève !
Seigneur, la mort fauche sans trève
Tout ce qui vit pour vous bénir...

Ses dix-huit ans allaient finir.
Enthousiaste et plein de sève,
Il allait, bercé d'un beau rêve,
L'esprit fixé vers l'avenir ;

Et voilà, dans tout son prestige,
Tel qu'un lis brisé sur sa tige,
Que l'enfant a clos ses doux yeux !

Mais quand nous le pleurons sur terre,
Comme l'étoile solitaire,
Son âme resplendit aux cieux !

A M. Louis Blancard

—

LA CIGALE MERVEILLEUSE

(*Légende*)

—

« — Dieu soit loué ! qui fit les oiseaux et les roses
(Les chants et les parfums sont de si douces choses !) »
Mais, grand'mère, à quoi donc peut servir la fourmi ?
« — Comme l'oiseau chanteur et la fleur de Bengale,
La fourmi », dit l'aïeule, « et sa sœur la cigale,
Servent Dieu mieux que nous... Écoute, mon ami :

» Un gueux mourant de soif et sans nulle ressource
(Ame vile et fermée à tous les repentirs),
Non loin d'un ermitage aperçut une source
Qui soupirait aux pieds du plus grand des martyrs.
S'étant désaltéré, l'homme dressa la tête,
Non pour remercier, car il ne croyait point,
Mais pour maudire, hélas ! et menacer du poing
Celui qui, dans les cieux, méditait sa conquête...
Dieu, le Père, permit qu'une cigale d'or
Vers la croix de Jésus dirigeât son essor ;
Et l'impie, écoutant sa chanson monotone,
Disait, fixant le Christ : « Roi des Juifs, je m'étonne,
» Si vous êtes vraiment le fils du Dieu vivant,
» Que vous laissiez ainsi cette insolente bête
» Crier sur votre cœur... Sus à la malhonnête !
» Déliez donc vos bras et la jetez au vent ? »
Or, à peine avait-il proféré ce blasphème,
Que la source tarit, dit-on, à l'instant même,
Et la cigale d'or, poussant trois petits cris,
Roula sur le gazon, transformée en rubis :
« Fortune ! » fit le gueux, qui, transporté de joie,
S'élance et se saisit de sa brillante proie ;
Mais, à peine il la tient, que le blasphémateur
La rejette aussitôt, frémissant de douleur :

Le merveilleux rubis, entre ses mains infâmes,
N'était plus qu'un charbon dévoré par les flammes.
Et l'homme, repentant, tombe au pied de la croix,
Criant : « Je suis à vous, Maître ! pitié ! je crois !... »
Et, pendant qu'il rêvait, prosterné sur la dalle,
Vers l'Orient vermeil s'envolait la cigale...

. . , ...

Puis, me montrant le ciel d'un geste triomphant :
« Souviens-toi », dit grand'mère avec une voix douce,
Qu'aux mains de Dieu tout sert... vois ! jusqu'au brin de
Dont l'oiseau fait un nid qui réjouit l'enfant. » [mousse

SONNET

—

Dieu, pour rendre son ciel plus beau,
Dans l'azur fit briller l'étoile ;
La terre était vierge et sans voile :
De fleurs il lui fit un réseau.

L'arche n'était qu'un lourd bateau ;
Il lui manquait l'âme : la voile !
Mais, grâce à deux ailes de toile,
Aujourd'hui, c'est presqu'un oiseau.

Au bouton, pour qu'il puisse éclore,
Que faut-il ? Un pleur de l'aurore,
Un baiser de l'astre du jour...

Cette heureuse métamorphose
Qui du bouton fait une rose,
La femme le doit à l'amour !

AUX PIEDS DU CHRIST

—

Et ma mère me légua son christ....

***

Jésus! divin gardien de mon toit solitaire,
Que mes douleurs, reflet de tes saintes douleurs,
Deviennent pour mon âme un baume salutaire!
Christ, dont les yeux mourants semblent me dire : Espère!
J'épanche dans ton sein mes regrets et mes pleurs...

8

Je ne la verrai plus sur le seuil de ma porte,
Lisant, le front rêveur, dans le livre de Dieu,
Ou bien filant le lin, comme la femme forte :
Une main dans mes mains, l'autre soir elle est morte !
Je ne la verrai plus... Ma bonne mère, adieu !

Que de nuits sans sommeil ! que de jours pleins d'alarmes
Ce bon ange a passés, jadis, à mon chevet !
Mères ! que vos baisers sont de puissantes armes
Pour vaincre nos douleurs ! qu'ils effacent de larmes !
Souffrant, j'étais heureux... quand ma mère vivait !

Alors, combien de fois, pour charmer nos veillées,
Ne m'a-t-elle pas fait ces récits merveilleux
Qui tiennent aux enfants les mines éveillées,
Légendes du vieux temps par le rire émaillées,
Et que les esprits forts nomment des « contes bleus » ?

Dans nos foyers bénis, alors, quelle allégresse !
Pour tous les malheureux sans pain et sans appui,
Ses mains avaient de l'or, sa voix une caresse :
Moi, j'avais tout son cœur,— ma plus belle richesse ! —
Son cœur, trésor d'amour que je pleure aujourd'hui !

Semblable au matelot, débris d'un grand naufrage,
Que la mer, tout meurtri, rejette sur ses bords,
Je suis demeuré seul sur ce morne rivage !
Accablé sous ma croix, sans penser, sans courage,
Mort parmi les vivants, je gémis sur mes morts !

Le printemps pour ta fête allait m'offrir ses roses,
Quand l'hiver, en fuyant, t'a couchée au tombeau !
Aux clartés d'ici-bas tes paupières sont closes...
Mais dans le sein de Dieu, ma mère, tu reposes :
Plus belle tu revis dans un monde plus beau !

Pour nous, frères du Christ, la faucheuse éternelle,
La Mort, n'est plus la Mort ! C'est un ange béni
Qui, frayant un passage à notre âme immortelle,
Jusqu'aux pieds du Très-Haut l'emporte sur son aile ;
La Mort, sœur de l'espoir, nous ouvre l'infini !

Oh ! viens ! viens donc sourire à ma douleur amère !
Exauce l'orphelin qui t'appelle à grands cris ;
Mort ! laisse vivre en paix les heureux de la terre...
Moi, je veux dans les cieux aller revoir ma mère :
Viens me prendre comme elle, ô toi qui m'as tout pris !

LIVRE II

DANS LES ALPES

EN VUE DES ALPES

(Prélude)

—

Sombres mousses des bois, fougère des vallées,
Que de mes pas joyeux tant de fois j'ai foulées ;
Evian ! joli bourg qui, de ton vert plateau,
Vois tes blanches villas se refléter dans l'eau ;
Et toi, toi dont le front se cache dans la nue,
Vieux roi de Chamouny, Mont-Blanc, je te salue !

Quels bardes voyageurs, s'inspirant sur tes bords,
N'auraient pour te chanter d'harmonieux accords,
O lac ! lac merveilleux dont Genève la belle
Voit les flots de saphir scintiller devant elle,
Et qui dans ma jeunesse, en de plus heureux jours,
As bercé sur ton sein ma barque et mes amours ?

Colosses de granit, montagnes dont les crêtes
Se dressent fièrement au-dessus de nos têtes ;
Noirs géants des forêts, sapins audacieux
Qui du fond de l'abîme atteignez jusqu'aux cieux,
Et vous qui, dominant les vallons et la plaine,
Au loin vous déroulez comme une immense chaîne,
Alpes ! trône éclatant du Roi de l'univers,
A votre seul aspect je sens naître mes vers !

A L'ILE ROUSSEAU

(Genève)

Ilot charmant, retraite enchanteresse
Qui fus jadis témoin de mes amours,
Comme ce soir tu l'es de ma tristesse,
Que sur tes bords j'ai coulé d'heureux jours !

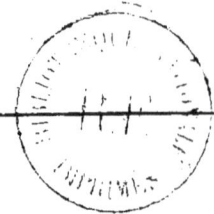

Beaux jours enfuis, plus promptement encore
Que ce nuage d'or qui dans l'air s'évapore,
    Que ce flot bleu qui miroite en son cours!...
Salut, site enchanteur! — Mon âme solitaire
Revient vers le passé comme pour ressaisir
Ces instants de bonheur goûtés sur cette terre,
Et dont il ne me reste, hélas! qu'un souvenir.

A Monsieur L. Sifferman

L'OISEAU ROSE

Cet oiseau, qui toujours s'envole
Sous la main près de le saisir,
Et que, jadis, ma tête folle
Cherchait de plaisir en plaisir ;

Ce beau chanteur, d'un val qui s'ouvre
Sur les Alpes et leurs splendeurs,
A Chamouny je le découvre
En de riantes profondeurs...

Voyez, là-bas, cette chaumière ;
Ce chalet, dont le large auvent
Scintille, à travers la clairière,
Sous les feux du soleil levant ;

Humble toit où les hirondelles,
Dès le printemps jusqu'à fin août,
Épanchent sans cesse autour d'elles
La gaîté qui les suit partout ..

A droite, le roi des montagnes,
Le Mont-Blanc, colosse hardi
Qui voit de splendides campagnes
Se dérouler vers le Midi ;

A gauche, l'Arveyron qui gronde
Dans son lit de glace ; à côté,
La plus verte forêt du monde :
L'hiver dans les bras de l'été !

Dans la brume, au nord, La Flégère
Qui se dresse sur Chamouny,
Chamouny qui, dans sa fougère,
Rit à nos yeux comme un grand nid...

C'est là, merveilleuse antithèse,
Entre les frimas et les fleurs, —
Fleurs plus belles, ne vous déplaise,
Et plus caressantes qu'ailleurs, —

C'est au bruit sourd de l'avalanche
Qui, parfois, roule d'un sommet,
Au pied de la montagne blanche
Où fume mon joli chalet,

Là que mon esprit se repose,
Et que s'épanouit mon cœur,
Sous les ailes de l'oiseau rose
Que l'on appelle « le Bonheur ! »

A Madame C. Brion

—

L'EDELWEISS

—

I

L'Edelweiss si longtemps rêvée,
La blanche immortelle du Nord,
Dans les Alpes je l'ai trouvée
Sur les flancs neigeux du Kamor.

Près du gouffre où, dit-on, se cache
Un génie au regard troublant.
J'ai cueilli cette fleur sans tache,
Ce pur joyau de l'Oberland...

II   .

De la beauté touchant emblème,
L'Edelweiss, au parfum si doux,
S'allie à la grâce suprême :
Belle dame, la voulez-vous?

La neige qui la vit éclore,
Et les frêles roses des bois,
Vont, pour elle, renaître encore
Sous l'éclat de vos jolis doigts...

Du temps quand tout subit l'outrage,
Ne craignez rien pour ses attraits :
Non plus que votre frais visage,
L'Edelweiss ne change jamais !

———

SOLEIL COUCHANT

———

Le jour fuit... cependant le soleil brille encor
Et rougit du Sœntis la cime dentelée;
La Sitter, à nos pieds bondit, échevelée,
Et se répand au loin sur une nappe d'or.

9*

Un léger carillon se mêle aux sons du cor :
Les échos sont frappés, la montagne est troublée...
Des bœufs silencieux traversent la vallée,
D'autres, en mugissant, descendent du Kamor.

C'est l'heure où dans le sein de sa blonde épousée
Le ciel, avec mystère, épanche sa rosée ;
L'ombre des ifs s'accroît sur les sentiers déserts...

Des étoiles soudain luisent dans la nuit close :
Étincelants regards qui, des cieux entr'ouverts,
Contemplent, curieux, la terre qui repose...

A Monsieur Antonin Glaize

—

LA CHANSON DU CHEVRIER

—

Par un beau soir d'été,
Un éclat de gaîté
　　Aux lèvres,
Ainsi chantait Beppo
En menant son troupeau
　　De chèvres :

« Doux sons de mon biniou
— Iou ! —
Qui montez de la plaine,
Faites jaser l'écho
— Ho ! —
Dans la forêt prochaine.

» Ici, sans différends,
Sans ennui, loin des grands
Du monde,
Insoucieux berger,
Je chante au bruit léger
De l'onde.

» En roi de ce canton,
J'ai pour sceptre un bâton
De frêne ;
Pour trône un vert coteau,
La perle du hameau
Pour reine.

» J'ai de nombreux moutons :
Doux peuple que je tonds
Sans peine ;

Ces sortes de sujets
N'en vont que plus légers
   Sans laine...

» Doux sons de mon biniou
   — Iou ! —
Qui montez de la plaine,
Faites jaser l'écho
   — Ho ! —
Dans la forêt prochaine.

» A quoi bon, Messeigneurs,
La gloire, les honneurs,
   La guerre !
Le bonheur, c'est d'aimer !
Seul l'amour sait charmer
   Sur terre.

» Bien tristes sont vos jours
Si votre cœur toujours
   Est vide...
Par ce soir enchanté,
L'espoir vers la beauté
   Me guide.

» O Bettly! mes amours,

Viens dans mes bras, accours

    Sans voile !

Que l'éclair de tes yeux

Fasse pâlir aux cieux

   · L'étoile !

» Quelle chose ici-bas

Vaut tes charmants appas ?

    Aucune ..

Ah ! richesse de cœur

Vaut ton éclat trompeur,

    Fortune ! »

Et les sons du biniou

    — Iou ! —

Qui montaient de la plaine,

Faisaient jaser l'écho,

    — Ho ! —

Dans la forêt prochaine...

A Madame M. B*'*

———

VESPER

———

C'est l'heure où, soulevant les coins noirs de sa mante,
De ses mille rubis la Nuit se diamante ;
Où, telle qu'un serpent qui lentement se tord,
La vague, en gémissant, vient mourir sur le bord.

Heure mystérieuse, où dans le cœur fermente
L'amour, qui tour à tour nous berce et nous tourmente ;
Où la prière, à Dieu s'élevant sans effort,
Fait que le front courbé se redresse plus fort !

Mais, quand vous me croyez loin, bien loin de la France,
A cette heure du soir, sous les murs de Chillon,
Suivant de mes pensers l'amoureux tourbillon,

Je suis plus près de vous que votre cœur ne pense...
Car c'est l'heure où l'esprit, se faisant oisillon,
Pour voir l'objet aimé franchit toute distance.

A Monsieur Coste, de Nissan

———

FLEURS ET BAISERS

———

« — Je bénis le hasard, gentille Célimène,
  Qui m'a conduit en ce riant séjour.
— Est-ce bien le hasard, Mario, qui t'amène ?
  — Si ce n'est lui, ce doit être l'amour...

10

— Ton amour pour la jeune Arsène ?

— Je jure... — A tes serments je ne crois plus, berger :
Pour qui donc cette rose et ce brin d'oranger?

    — Si tu m'aimais, fille inhumaine,

Ton cœur devinerait sans peine

Que toutes ces fleurs sont pour toi...

    — Si c'est ainsi, donne-les-moi ?

—Pour un baiser... veux-tu ? — Nenni-dà, je refuse »,
Répliqua vivement la fillette confuse ;

    « Tous mes baisers sont pour Lucien,

Le beau joueur de cornemuse...

—Vaut-il donc mieux que moi? — Certes, je le crois bien :
Tu vends les fleurs... — Et lui? — Me les offre pour rien ! »
L'amour vrai veut des cœurs qui triomphent sans ruse.

A Monsieur Ch. Sollier

—

APPENZELL

(Paysage)

—

J'aime bien Appenzell,
    Son ciel,
Ses monts aux blanches crêtes
Et ses forêts de pins
    Alpins
Qui bravent les tempêtes;

Son clocheton pointu,
Vêtu
D'une robe de mousse,
Dont la cloche, la nuit,
Bruit,
Avec une voix douce ;

Et ses chalets brunis,
Ces nids,
Que des filles vermeilles
Animent de leurs chants
Touchants,
En tressant des corbeilles ;

Ses grands bœufs, aux regards
Hagards,
S'abreuvant aux écluses,
Ou, d'un pas nonchalant,
Allant
Aux sons des cornemuses ;

Ses ruisseaux pleins d'attraits,
Si frais

Et si petits, — qu'il semble
Qu'un chamois en boirait,
D'un trait,
Le fil d'argent qui tremble... —

. . . .

Sis aux pieds du Kamort,
Au bord
De la Sitter qui gronde,
Je le dis sans détour,
Ce bourg
Est le plus gai du monde !

IVERDON

Il est une petite ville,
Assise au bord d'un lac tranquille,
Dans le plus charmant abandon ;
L'Orbe et la Thièle au doux murmure,
Comme d'une double ceinture,
Ornent ses flancs : c'est Iverdon.

A Monsieur Ch. Sollier

LA PELOUSE AUX BOUTONS D'OR

Dis-moi oui, dis-moi non...
(*Vieille chanson.*)

C'était un soir, après l'orage ;
Sur la pelouse aux boutons d'or,
Je vis son gracieux visage
Penché sur une fleur sauvage
Qui, pour elle, était un trésor.

« — Marguerite, dis-moi s'il m'aime ? »
Murmurait-elle bas, tout bas...
Et la fleur répondait de même :
« Un peu, beaucoup, il n'aime pas...
    Il t'aime ! »

Ah ! laissez-moi rêver encor
De la pelouse aux boutons d'or...

Elle sourit... ; puis, vite, vite,
Sa main cueillait une autre fleur ;
Elle lui disait : « Marguerite,
Je t'aimerai bien, ma petite,
Mais ne va pas tromper mon cœur ;
Oh ! ne mens point ; dis-moi s'il m'aime
Un peu, beaucoup ! Dis-le tout bas ? »
Et la fleur répondait de même :
« Un peu, beaucoup, il n'aime pas...
    Il t'aime ! »

Ah ! laissez-moi rêver encor
De la pelouse aux boutons d'or...

« Des amours oracle fidèle,
Toutes ces fleurs, vois, sont pour nous... »,

Lui dis-je, — et, prenant la plus belle,
Une marguerite, comme elle,
Je l'effeuillai sur ses genoux.
« Ma mignonne, dis-lui que j'aime
Beaucoup, beaucoup ! Dis-le tout bas... »
Et la fleur répondit de même :
« Beaucoup ! beaucoup ! Il ne ment pas,
  Il t'aime... »

Près de Mornex on voit encor
Cette pelouse aux boutons d'or :

Les rouges-gorges y gazouillent ;
Les eaux de l'Arve qui la mouillent,
Y roulent leur paisible cours ;
Robe verte, toujours foulée
Par les couples de la vallée,
Pour eux elle renaît toujours...
Mais, hélas ! mes jeunes amours,
— La fleur charmante de mes rêves,
Qui brillait au pied des Salèves, —
Ma blanche Marguerite, dort
Sous la pelouse aux boutons d'or...

A Monsieur Ch. Labor

—

MEILLERIE

(Paysage)

—

C'est le soir, par un ciel d'hiver,
Où tout se confond et s'efface.
L'if des bois, sous le fhön qui passe,
Frémit échevelé dans l'air.

11

Une frêle barque se penche,
Au loin, sur les flots écumeux,
Et, comme un cygne paresseux,
Lève son aile, longue et blanche,

Pendant qu'une vague, longeant
Les rochers noirs de Meillerie,
Au bout du lac court, en furie,
Bondir sur le sable d'argent...

A Monsieur H. Matabon

CHANTEUSES DU KAMOR

« O filles du Kamor ! puissent les avalanches
Respecter vos moissons, vos paisibles chalets !
Et vos si jolis yeux, bleus comme les pervenches,
De ces fleurs du vallon garder les purs reflets !

» Que rien n'altère, enfants, vos voix douces et franches !
Qu'à vos chansons jamais des pleurs ne soient mêlés !
Puissent, comme vos lis, vos âmes rester blanches,
Et vos jours de bonheur par rien n'être troublés ! »

L'une d'elles, soudain, m'arrêtant au passage,
M'offrit en souriant les fleurs de son corsage,
Et me dit : « Voyageur, souviens-toi du Kamor ! »

Et j'emportai ces fleurs vers ma ville natale ;
Car des roses des bois un doux parfum s'exhale
Qui des lointains pays nous fait rêver encor...

A Monsieur G. Azaïs

LES LUTTEURS

Non loin de Neuvecelle, où la flore commence,
S'ouvre en amphithéâtre un pâturage immense,
Dont trois vieux châtaigniers ombragent le milieu :
« La prairie » est le nom que l'on donne à ce lieu.
Dans ce cirque riant formé par la nature,
Deux lutteurs du même âge et d'égale stature,
— L'un, natif d'Unterwald ; l'autre, enfant du pays, —
Avec acharnement se disputent un prix...

11*

De leurs bras musculeux s'étreignant avec force,
Genoux contre genoux, ils roidissent leur torse ;
Chancelant tour à tour sous leurs poignets de fer,
On dirait deux serpents cherchant à s'étouffer.
Deux fois le Savoisien est couché sur l'arène ;
Cependant la victoire est toujours incertaine :
— Telle est, en ce pays, la règle du combat,
Que celui des lutteurs qui sur le flanc s'abat
Peut encore, à son gré, continuer la lutte ;
Mais des épaules, tel a frappé dans sa chute,
Qui doit être aussitôt banni du champ d'honneur.
Un bélier, d'ordinaire, est le prix du vainqueur. —

Guilhem s'est relevé : « Chétif gardeur de chèvres !
» Oses-tu bien », dit Mör, le mépris sur les lèvres,
« Oses-tu bien, vilain ! me défier ici ?
» — Insolent montagnard ! t'ai-je crié merci ?
» — Ce qu'un vent furieux fait, dans l'air, d'un atome,
» De toi je vais le faire... entends-tu bien, jeune homme ?
» — Peut-être »... dit Guilhem en se croisant les bras.
« — Frêle roseau du lac, sous ma main tu pliras !
» — Moi roseau, je plirai ; mais ce sera, j'espère,
» Pour mieux me relever, pour t'écraser, vipère !
» — Par la fille de Gluk, Mör, trois fois éconduit,

» Trois fois te couchera sur le sable aujourd'hui !

» — Etre battu par Mör, en champ clos, peu m'importe,

» Si sur ce fier lutteur en amour je l'emporte !...

» — Maint vautour pourrait bien te ravir tes amours. .

» — Les aigles de Savoie ont raison des vautours ! — »

Et, tel que l'ouragan qui s'abat sur un chêne,

Guilhem sur son rival de nouveau se déchaîne ;

Mais dans ses bras puissants, soudain, le soulevant,

Mör le couche à demi sur le sable mouvant...

De ses doigts convulsifs refoulant en arrière

Ses cheveux en désordre et souillés de poussière,

Guilhem le Savoisien, aussi prompt que le vent,

Sur le fier montagnard fond la tête en avant...

Tout à coup, épuisé par un effort suprême,

Le lutteur d'Unterwald s'affaisse sur lui-même

Et tombe à la renverse... Il est vaincu, lui, Mör,

Que les plus forts lutteurs n'avaient pu battre encor !...

En l'honneur de Guilhem la fanfare résonne,

La foule bat des mains et la forêt frissonne...

Rimps, le sonneur de trompe, au jeune chevrier

Amène par la corne un superbe bélier :

« —A toi le prix d'honneur, Guilhem! » dit le vieux pâtre;

« — Un sort malencontreux sur Mör vient de s'abattre :

» Il s'est vaincu lui-même, et », dit le Savoyard,

« Je refuse ce prix que je tiens du hasard.

» — De l'aveu des anciens, ta victoire est complète :

» Le bélier te revient... — En ce cas », dit l'athlète,

» Emmène-le chez toi, vieux Rimps, brave sonneur !

» — Guilhem... cette action te portera bonheur... »,

Fait le pâtre joyeux : « Le bon Dieu te bénisse ! —

» — Te maudisse ! » dit Mör en sortant de la lice...

LA FAUVETTE DE CHILLON

I

Libre et joyeux, sur cette plage,
Au bruit des flots, au bruit du vent,
Petit oiseau ! dans mon jeune âge,
Comme toi je chantais souvent.
Mais aujourd'hui je suis esclave ;
La chaîne arrête mon essor...
Chante, chante ! ta voix suave
Fait tressaillir le cœur du brave :
Chante, fauvette, chante encor !

II

Dans ton nid, caché sous les feuilles,
Tu te berces avec amour.
Là, chaque soir, tu te recueilles
Pour mieux chanter au point du jour.
Sous les yeux d'un gardien farouche,
Le pauvre captif, lui, s'endort...
Oh ! viens ! si sa douleur te touche,
Viens égayer sa triste couche :
Chante, fauvette, chante encor !

III

Mais aux chants que le vent m'apporte
Se mêle un cri de liberté...
De mon cachot s'ouvre la porte :
Soleil, je revois ta clarté !
Plein d'espoir, j'accours vers la grève ;
O ma mère ! mon cher trésor !
Ma mère !..— Ah ! ce n'était qu'un rêve....
Pour le prisonnier de Genève,
Chante, fauvette, chante encor !

A Monsieur Hippolyte Guillibert

—

FLEUR-DE-MAI

—

« Savez-vous pourquoi je chante et babille,
Dès l'aube vermeille, avec mes oiseaux ?
C'est qu'en mon jardin une rose brille
Parmi des œillets fraîchement éclos.
    Or Dieu veut qu'on aime,
    Et j'aime les fleurs

Autant que moi-même,
Tout comme des sœurs.
Comme elles, sur terre,
Je vis solitaire
Et fuis les méchants ;
Quand mon cœur se donne,
Ce n'est à personne,
C'est aux fleurs des champs ! »

Et ses petits pieds effleuraient la mousse,
Et ses grands yeux bleus brillaient de plaisir.
Fleur-de-Mai chantait d'une voix si douce
Que le rossignol se tut pour l'ouïr :

« Poëte, vois donc comme elle est jolie !
Un souffle léger vient de l'entr'ouvrir :
Tu souris... peut-être est-ce une folie
D'aimer une fleur qu'un rien peut flétrir ?

» On m'a dit souvent que, pour être heureuse,
Il faut fuir l'amour, ne jamais aimer :
D'où vient que, parfois, je suis soucieuse ?
A l'amour mon cœur doit-il se fermer ?
Non ! Dieu veut qu'on aime,

Et j'aime les fleurs
Autant que moi-même,
Tout comme des sœurs.
Comme elles, sur terre,
Je vis solitaire
Et fuis les méchants;
Quand mon cœur se donne,
Ce n'est à personne,
C'est aux fleurs des champs ! »

. . . .

Mais l'automne a fui... La neige qui tombe
Dépouille nos bois et flétrit nos fleurs :
Pauvre Fleur-de-Mai! sa sœur qui succombe
Lui lègue en mourant ses pâles couleurs ..
Plus de verte branche !
Plus de rossignol !
Le poëte penche
Son front vers le sol;
Car la jeune fille,
Qui plus ne babille,
Demain, à quinze ans,
Dans sa blanche robe
Dormira, dès l'aube,
Sous les fleurs des champs !

A MADAME M. B***

(Sur son album)

———

L'oiseau pour chanter, la fleur pour éclore,
Attendent qu'Aurore
Vienne les charmer :
Ainsi que la fleur et l'oiseau, mon âme
N'attendait, Madame,
Que vous pour aimer...

A Monsieur Joseph Cayer

———

LE VILLAGE-DES-BOIS

(Souvenir de Chamouny)

———

Un vieux guide fumait, debout contre un chalet,
Les regards fixés sur la route :
« — Le Village-des-Bois », lui dis-je, « s'il vous plaît ?
Ce n'est pas loin d'ici, sans doute ?

12*

» Voici le Montanvert devant nous, n'est-ce pas ?
— Oui, Monsieur. — Le village est à gauche... là-bas,
      Au pied de cette roche noire?
« — Étranger, qui cherchez le Village-des-Bois »,
Dit le guide, faisant un grand signe de croix,
      « Vous ne savez donc pas l'histoire?

» — Quelle histoire, brave homme? — Elle est fort triste,
      Avec le temps, Monsieur, tout passe :   [allez!
Où riait autrefois un groupe de chalets,
      Vous voyez une mer de glace... »

Et, d'une voix émue, il reprit à l'instant:
« Mon jeune voyageur, que celui qui m'entend
      De l'avalanche vous protége !
Certain soir l'on dansait au pied du Montanvert;
Bien des couples joyeux foulaient son tapis vert,
      Que recouvre aujourd'hui la neige...

» Des gens étaient venus du val de Chamouny;
      Tout le village était en fête :
Dès l'aube, bien des chants partaient de ce doux nid,
      Où s'amoncelait la tempête !

On dansait... Tout à coup l'on entendit ces mots,
Répercutés au loin par de tristes échos :
   L'avalanche ! enfants, l'avalanche ! —

» Un bruit sourd, puis... plus rien que l'éternel oubli :
Le Village-des-Bois était enseveli
   Là-bas, sous cette masse blanche... »

A peine achevait-il que, perçant les brouillards,
Le soleil de ses feux inonda la vallée,
Et le Glacier-des-Bois s'offrit à nos regards
   Comme un immense mausolée...

A Madame Joseph de Rémusat

———

WERGISS-MEIN-NICHT

———

Ce soir, quand devant Dieu vous plîrez les genoux,
Souvenez-vous de moi, qui me souviens de vous !

A L.-Léon Gozlan

—

SOUS UN IF

—

Il me souvient qu'un jour d'automne,
Je rêvais seul au pied d'un if;
Quand, soudain, l'orage détonne,
Je ne sais trop pour quel motif.

Certes, n'étant pas astronome,
Je ne pus m'expliquer ce fait
Qu'à la manière du Bonhomme :
« Dieu fait bien, dis-je, ce qu'il fait. »

Or ce jour-là Dieu fit la pluie,
Et la pluie a son bon côté :
Le soleil, à la longue, ennuie ;
J'aime assez la variété.

Je me ris, d'ailleurs, d'une averse
Tenant un quart d'heure aux abois
Le franc touriste qui se berce
Sous un vert parasol des bois...

Je rêvais donc sur le Salève,
Lorsque la foudre retentit,
Et qu'une alerte fille d'Ève
Accourt sous l'if et s'y blottit.

C'était une humble Mornésienne
De seize à dix-huit ans, oui-dà ;
Brune comme une bohémienne,
Belle comme l'Esméralda ;

Une de ces beautés sauvages
Qui, sans le savoir, dans les cœurs
Font parfois autant de ravages
Qu'un ouragan parmi les fleurs...

De ses cheveux les noires boucles
Flottaient au vent ; ses grands yeux clairs,
Brillant comme des escarboucles,
Semblaient conjurer les éclairs :

« Bon Dieu ! quel temps diabolique !... »
Dit-elle en se signant trois fois ;
« Monsieur, sans doute, est catholique ? »
Je fis un grand signe de croix.

Mais chaque fois que la tempête
Se déchaînait avec fureur,
Sur ses genoux courbant la tête,
L'enfant balbutiait : « J'ai peur !... »

Et, dans mes mains, sa main de neige
Tremblait comme un petit oiseau
Qui, dans l'arbre qui le protége,
Croit apercevoir un réseau.

13

« Le firmament va se dissoudre...
C'est, dit-elle, la fin des temps ! »
Et moi, je bénissais la foudre...
On se rit de tout à vingt ans.

Mais l'œil de Dieu, qui voit dans l'ombre,
Lut dans mon cœur... L'astre de feu
Déchirant le nuage sombre
Etincela dans un coin bleu...

« Plus d'orage ! le soleil brille !
Il me faut d'ici déloger...»
« — Voyageur », dit la jeune fille,
« Dieu vous garde de tout danger ! »

Et, sur son front jetant sa mante,
Elle s'enfuit, non sans émoi...
Il était temps, car la tourmente
En ce moment grondait en moi !

A Monsieur L.-Léon Gozlan

———

JAL L'HOTELIER

(Ballade)

———

Entendez-vous ce cor qui pleure,
Leurre
Les voyageurs à qui la nuit
Nuit?

Dans sa trompe, Jâl, ce maroufle,
Souffle ;
M'est avis que son instrument
Ment.

Prenons garde qu'il ne m'égare,
Gare ;
Ne m'entraîne vers ce chalet
Laid,

Où l'hôtelier, Germain avide,
Vide
Nos goussets qu'il trouve trop lourds,
L'ours !

L'enseigne accrochée à sa porte
Porte
Ce trait malin : A l'*Écu d'Or !*
Or,

Tout voyageur qui dans cet antre
Entre
En sort bientôt le cœur navré,
Vrai !

Il y boit du *Rhin* sans mélange,
Mange
Du chamois de Rosenlouï,
Oui ;

Mais aux mains de l'hôte rapace
Passe
Jusqu'au dernier de ses quibus
Bus !

Méfions-nous du cor qui pleure,
Leurre
Les voyageurs à qui la nuit
Nuit !

Si quelqu'un dit : « Jâl est affable »,
Fable !
« Qu'il jouit d'un certain renom... »
Non !

Jâl, l'hôtelier, passe pour être
Reître,
Pour un Badois d'orgueil bouffi...
Fi !

13*

Ah ! si j'osais dire une chose...
　　　　— Ose !
Écho, tu saurais que jadis...
　　　　—Dis !

Exploité par Jâl, un touriste,
　　　　Triste,
De Suisse en France est revenu
　　　　Nu!

Dieu nous garde des cors qui pleurent.
　　　　Leurrent
Les voyageurs à qui la nuit
　　　　Nuit !

A Monsieur Dieudonné Teston

LE PRISONNIER DE CHILLON

I

Chillon, qui n'inspirait que l'horreur et l'effroi,
Est le temple aujourd'hui des martyrs de la foi ;
Sur le granit, au fond d'un sombre labyrinthe,
Des pas de Bonnivard se voit encor l'empreinte...
Tes princes — tes bourreaux — sont tombés pour toujours,
O Chillon ! mais les flots qui grondent sous tes tours
N'effaceront jamais cette empreinte bénie,
Visible appel à Dieu contre la tyrannie !

Mais les tyrans ont fui... Chante, gai batelier !
Oiseaux du lac, chantez sous ces brunes tourelles!
Genève est libre enfin ! libre le prisonnier :
Chillon ! la liberté sur toi pose ses ailes.

II

Ses cheveux ont blanchi, non sous la main du temps ;
Mais qui n'a vu la neige, en un jour de printemps,
Des montagnes du Nord parfois blanchir la crête ?
Ainsi, bien jeune encore, il neigea sur sa tête...
Ses membres sont courbés, non par un dur labeur,
Mais la chaîne a pesé si longtemps sur son cœur !
Sevré pendant six ans des choses de la terre,
Dans cet affreux séjour il vécut solitaire...

Mais les tyrans ont fui... Chante, gai batelier !
Oiseaux du lac, chantez sous ces brunes tourelles !
Genève est libre enfin ! libre le prisonnier :
Chillon ! la liberté sur toi pose ses ailes !

III

Or c'était pour la foi de ses nobles aïeux,
De son vieux père, hélas ! torturé sous ses yeux,
Que ses frères et lui, bravant le fer, les flammes,
Invoquaient le trépas, qui rend libres les âmes.
Ils étaient sept alors : six enfants, un vieillard !
Morts, l'un sur le bûcher, deux sous leur étendard,
Trois au fond des cachots, aux fers de l'esclavage ;
Lui seul a survécu, débris d'un grand naufrage !

Mais les tyrans ont fui... Chante, gai batelier !
Oiseaux du lac, chantez sous ces brunes tourelles !
Genève est libre enfin ! libre le prisonnier :
Chillon ! la liberté sur toi pose ses ailes.

A Monsieur Alexis Rostand

L'ESPRIT DES EAUX

I

Ne sachant pas ce que veut d'elle
L'Esprit des eaux qui la poursuit,
Ketty se berce, nue et belle,
Sous le dais brillant de la nuit.
Elle se berce, la folâtre ;
Et les sylphes, par fol essaim,
Viennent baiser son front d'albâtre
Et les frais boutons de son sein...

Et d'amour elle rêve
Dans les roseaux,
Où murmure sans trêve
L'Esprit des eaux,
Qui l'a prise à la grève
Dans ses réseaux...

II

L'enfant rit aux nymphes perfides
Qui l'attirent vers l'inconnu,
Sous l'azur des plaines humides
D'où nul, vivant, n'est revenu.
Elle rit aux pâles ondines
Qui, d'un baiser froid et mortel,
Ferment ses lèvres purpurines
Et ses yeux bleus comme le ciel !
Et son rêve s'achève
Sous les roseaux,
Où murmure sans trêve
L'Esprit des eaux,

Qui la prit à la grève
        Dans ses réseaux...

. . . .

III

Que de pêcheurs ont dans tes ondes
Jeté leurs filets, qui, surpris
Par l'œil clair des naïades blondes,
S'y sont eux-mêmes trouvés pris !
A la vie à peine entr'ouvertes,
Combien d'âmes d'enfants noyés,
O Léman, sous tes algues vertes,
Dorment loin de leurs doux foyers !
        Oh ! malheur à qui rêve
                Dans les roseaux,
        Où, murmurant sans trêve,
                L'Esprit des eaux
        Aux pêcheurs de la grève
                Tend ses réseaux !

LIVRE III

POÉSIES DIVERSES

A Monsieur F. Mistral

———

LE VENT

———

I

Il prend son vol dans les campagnes,
Plane et s'étend sur les guérets,
Sillonne le flanc des montagnes,
Se déchaîne dans les forêts.
Sous les coups de sa violence,
Le fier peuplier se balance,
L'aigle affolé prend son essor :
Il souffle ! et sa puissante haleine

Couche les épis dans la plaine,
Qui frémit sous des vagues d'or...

II

Avant-coureur d'un grand mystère,
Image de l'esprit de Dieu,
Il vient l'annoncer à la terre,
Le précéder dans le saint lieu.
Invisible roi de l'espace,
Grondant comme la foudre, il passe,
Et les éléments sont troublés :
L'heure approche... une terreur sainte
Se répand dans l'auguste enceinte,
Sur les apôtres assemblés...

III

Principe de toute harmonie,
Le Vent, animant les roseaux,

De son doux et puissant génie
Révèle les secrets nouveaux...
Mais une lyre enchanteresse,
Jadis, sous le ciel de la Grèce,
Eut des accords plus émouvants :
Quand chantait le divin Homère,
Plus fougueuse que l'onde amère,
Sa voix maîtrisait tous les vents !

IV

Dans les régions fortunées
Où règne ce divin printemps
Qui ne compte point les années
Dans l'ordre établi par le temps,
Passant sur des fleurs embaumées,
Il glisse en nos âmes charmées
Des désirs d'immortalité ;
Il fuit, gémit, revient sans cesse ;
Il nous emporte, et puis nous laisse
Dans le sein de l'éternité...

A Monsieur Louis Roumieux

———

UN DIVORCE

———

Depuis quatre mille ans, le soleil et la lune
    Faisaient, là-haut, cause commune,
Quand un nuage blond, qui vaguait autour d'eux,
Enveloppa soudain le couple lumineux :

« Après tant de beaux jours, de siècles sans orage »,
  Fit le soleil tout à fait obscurci,
      » Me voir mystifier ainsi
        » Par un nuage !
    » — Eh ! » répartit la lune avec froideur,
  « Dirait-on pas qu'il couve une tempête ?
» Quand sous vos yeux, tantôt, j'étouffais de chaleur,
» Ce nuage charmant m'a rendu la fraîcheur
        » En flottant sur ma tête...
        » — Et vous lui faisiez fête ?
» — Dieu jaloux ! » s'écria la lune avec fierté,
« Je n'ai fait jusqu'ici que votre volonté,
» Et vous osez m'offenser de la sorte !
» Que ne me rendez-vous enfin la liberté ?..
» — Ingrate ! » dit l'époux que la fureur transporte,
« Vous vous croyez esclave et vous planez dans l'air,
» Avec moi dans le ciel !..—Le ciel ! eh ! que m'importe ?
» Vos feux trop violents m'en ont fait un enfer !
» — O Zeus ! je m'attendais à ce sanglant outrage...
» Soyez donc libre, allez ! maître de ce séjour,
» J'y vais seul désormais briller durant le jour...
» — Sauf votre bon plaisir, orgueilleux personnage,
» J'y régnerai la nuit ! » dit la lune à son tour.

. . . .

Depuis lors, on la voit apparaître à la brune,
Pendant que son époux, précipitant son cours,
Va dans le sein des mers cacher son infortune...
Pour moi, qu'aucun nuage ici-bas n'importune,
Comme vous, cher ami, sous l'aile des amours
Je m'abrite en riant... riant de voir toujours
Le soleil se coucher quand se lève la lune.

A Monsieur E. Reynaud

—

MÉLANCOLIE

—

Créés pour le malheur qui s'attache à leur être,
Le serf, le front courbé sous le bâton du maître,
Et le maître soumis aux volontés des cieux,
Tous marchent ici-bas, l'œil morne, soucieux.

15

Eh ! ne voyons-nous pas l'enfant qui vient de naître
Pleurer en son berceau ?... Qu'a-t-il donc pu commettre ?
Innocent, la tristesse est déjà dans ses yeux ;
Avant d'être coupable il se sent malheureux...

Tel est notre destin, il faut que l'homme pleure :
L'indigent, qu'on oublie en sa pauvre demeure,
Le riche en son palais, sous un dais de velours.

Un éclair de bonheur luit parfois sur nos têtes ;
Mais, hélas ! cet éclair est suivi de tempêtes...
Nos yeux sont-il brillants ?... C'est de larmes toujours.

A ma petite nièce Charlotte Teston

—

LE LION DE MARBRE

ET LE PORC-ÉPIC

——

Un porc-épic, insolent animal,
Vit un jour dans un parc royal
Un lion de haute stature
(Un vrai chef-d'œuvre de sculpture) ;

Comme il ne bougeait point, il le crut endormi :

    « Holà ! mon superbe ennemi »,

    Fit à part lui le petit traître,

« A mes piquants tu vas me reconnaître

    » Pour ton maître...

» Tes griffes et tes dents ne m'ont jamais fait peur.

» Et je vais te prouver », fit-il d'un ton moqueur,

    « Que si je ne t'égale en force,

» Du moins plus que la tienne est dure mon écorce. »

Et le sot animal, avec tant de fureur

    Bondit sur le lion de marbre,

Que, l'un de ses piquants lui rentrant dans le cœur,

    Il tomba mort au pied d'un arbre.

    Que de méchants, que de jaloux,

Voulant à leur prochain faire verser des larmes,

Comme ce porc-épic, victime de ses coups,

    Se battent de leurs propres armes !

ROSE ET PAPILLON

« Ah ! perfide ! » disait une rose coquette
　　A l'un de ses amants dorés :
« Oses-tu me quitter pour une violette,
　　Pour une simple fleur des prés ?

15

» — Mais », fit le papillon, « si vermeille est la rose,
    » La violette est toute azur ;
Et jamais le frelon, Madame, ne se pose
    Sur son calice chaste et pur.

» — Ma beauté...— Ta beauté? nul ne te la conteste ;
    Mais elle brille peu d'instants :
Tu n'embaumes qu'un jour, quand cette fleur agreste
    Me réjouit tout un printemps.

» —Tu m'aimais, cependant?— Pour tes formes divines,
    Pour ta couleur d'un rouge feu.
—Pourquoi donc me fuis-tu, méchant?—Pour les épines
    Que nous cache ta robe.. Adieu ! »

LE CAVALIER D'HYDE-PARK

(Fantaisie)

—

Hop ! au galop, ma cavale fringante !
Un mal affreux cette nuit me tourmente ;
Dans mon cœur, que berçait tant de douces chansons,
Le spleen, le spleen mortel a versé ses poisons.

Mais, par l'enfer ! comme ta marche est lente...
De l'éperon faut-il donner encor ?
Comme un oiseau qui reprend son essor,
Emporte-moi, ma cavale fringante !

Hop ! Hop !
Ma cavale, au galop !

Sais-tu pourquoi, seul, errant dans la plaine,
Je trouble ainsi le silence des nuits ?
C'est que, Betsy, le désespoir m'entraine,
Et rien ne peut dissiper mes ennuis...
C'est que je souffre, et l'amour fait ma peine !

Hop ! Hop !
Ma cavale, au galop !

A travers ces brouillards j'aime, quand tu m'emportes,
Entendre sous tes pas frémir les feuilles mortes ;
Voir les hiboux, troublés dans leurs tristes amours,
S'envoler bruyamment du creux des vieilles tours...
Au galop donc ! Le temps est à l'orage ;
Mais, pour ceux qui souffrent toujours,
Qu'importe que le ciel soit sombre ou sans nuage !

Hop ! Hop !
Ma cavale, au galop !

Coquette ! qui suspends ta course vagabonde
   Pour te mirer dans le cristal de l'onde,
   N'entends-tu pas le doux chant des oiseaux
Et le cri du watchman qui frappe les échos ?
Sans doute il sort joyeux des bras de sa maîtresse !
   Il est aimé !... son âme est en repos !
Et moi, j'ai dans le cœur une affreuse tristesse !

Hop ! Hop !
Ma cavale, au galop !

Tes yeux lancent des étincelles,
   Tu mords ton frein avec fureur :
Noble animal, d'où te vient cette ardeur ?
L'oiseau des nuits t'a-t-il donné ses ailes ?
— Par Belzébut ! je vois poindre le jour ;
   Nous sommes en retard d'une heure...
Hop ! au galop ! allons vers ma demeure. —
   Halte ! nous voici de retour.

L'ANE ENVIEUX

Un âne et deux mulets, chargés de sacs d'écus,
Sur un chemin peu sûr trottaient à la nuit close :
    Mulets devant, contre les us,
    Et derrière eux le virtuose.
    « — Han ! » faisait d'un ton aigre-doux
    L'envieux à ses camarades :
« Quel idiot m'a mis entre le guide et vous ?

» D'une part, je reçois des coups,

» Et de l'autre des pétarades ;

» De mémoire d'âne, entre nous,

» Oncques ne vis chose pareille !

» Dieu sait pourtant ce que je vaux :

» Je suis fort comme deux chevaux ;

» Plus que la vôtre est longue mon oreille ;

»Et ma voix, quand je brais... —Oh ! nous ne doutons pas»,

Dit l'un des deux mulets, « que ta voix fait merveille...

» — Alors, cédez-moi donc le pas !

» — As-tu soif des honneurs, compère ?

» — Hian ! chacun son tour. — Eh bien ! file devant ;

» Guide-nous en baudet savant ;

» Fais montre de ton savoir-faire. »

Et, prenant le haut du pavé :

« Décidément, le sort, qui m'a tant éprouvé,

Pensa notre grison, commence à me sourire ;

» Conduit jusqu'à présent, je vais enfin conduire :

» Ah ! sans me flatter, je puis dire

» Que je suis un âne arrivé ! »

Et, l'œil brillant, la tête haute,

Dégoisant tout son alphabet,

A vingt pas du premier mulet

Il trottait, comptant sans son hôte.

Quand un coup de sifflet près de là retentit,
   Et, sous une triple décharge,
Les quatre fers en l'air, maître-gris s'abattit
Devant ses compagnons, qui se tenaient au large.
    Des bandits, armés jusqu'aux dents,
    S'élançant sur la caravane,
Dépouillent les mulets et l'homme, qui, prudents,
    Demeurent cois derrière l'âne.
« — Triple sot que je suis ! j'ai servi de plastron
» A ces deux vieux rusés... Sus ! à l'aide, patron ! »
Braillait le vieux baudet, qui saignait d'une côte.
« —Eh ! » fit l'un des mulets, « par ton cuir protégés,
» Nous voilà saufs, du moins, et des sacs soulagés...
» —Hélas ! et moi je meurs...— Par ta plus grande faute :
   » Sans l'orgueil, cause de ton mal,
   » Tu serais encore des nôtres.
   » Tu vois ce qu'on gagne, animal,
   » A vouloir supplanter les autres ! »

—

JANOT ET SA MARMOTTE

—

Ayant sa musette à la main
Et sur son dos une marmotte,
Janot se rendait un matin
A la foire du bourg voisin,
Tout en sifflotant la gavotte.

Il allait, allait bravement,

De mille notes d'agrément

Enjolivant son répertoire ;

Et, certes, les sons qu'il filait

Auraient pu tourner à sa gloire,

S'il n'eût sifflé dans la forêt

Où se perdit notre distrait :

« Me voilà bien ! » fit-il d'une voix lamentable

En donnant sa marmotte et le métier au diable.

« J'ai faim, j'ai soif, et ma gourde et mon sac

» Sont vides, Seigneur Dieu, comme mon estomac !

» J'ai bien encor dans un coin de ma bourse

» Un joli ducaton pour achever ma course...

» — C'est, pour deux ventres creux, une belle ressource!»

Maugréa sa compagne. « Ah! maître, un bon croûton

» Vaudrait pour nous bien mieux qu'un ducaton :

» Rempochez ce quibus, et cherchons une source...

» Les ducats n'ont du prix, d'ailleurs,

» Qu'autant qu'ils roulent dans les villes ;

» Au fond d'un bois infesté de voleurs,

» Ils sont, vrai Dieu! plus dangereux qu'utiles.

» — Hé! ce raisonnement part d'un esprit sensé »,

Dit Janot, s'asseyant sur le bord d'un fossé.

Ce que voyant: «Tout doux! mon beau joueur de flûte »,

Fit l'animal peureux, se tirant à l'écart ;
« Avez-vous oublié le proverbe picard :
　　» *Au bord du fossé la culbute ?*
» — Non, certes ! » dit Janot, qui se leva soudain
Pour aller se rasseoir plus loin, sous un sapin :
« Ce lieu paraît plus sûr... qu'en penses-tu, voisine ?
» J'y dormirai fort bien... — D'autant que le sommeil,
　　» Mon cher maître, porte conseil »,
　　Fit la marmotte ; « et qui dort, dîne... »
Et la bête, joignant l'exemple à ses leçons,
Allongeait son museau sur le sac aux chansons,
　　Quand un *couac* retentit à l'oreille
　　Du jeune et malheureux patron,
Qui s'étire les bras ; puis, lâchant un juron :
　　　« — Honni soit », dit-il, « qui m'éveille !
　　» — Mère de Dieu, que les hommes sont fous ! »
　　　Fit la marmotte. « Savez-vous
　　　» Ce que les grenouilles, cher maître,
　　　» Nous annoncent par leur *couac ?*
　　　» — Quelque orage, un malheur peut-être...
» — Dites donc un bonheur sous la forme d'un lac !
» — Dieu soit loué ! la soif me rendait d'humeur noire,
» Et », fit Janot, « ton lac nous vient fort à propos ;
» La grenouille a du bon, mais .. elle chante faux !
　　　　　　　16*

» — A des Jean comme vous allez le faire accroire ! »
Riposta sa compagne en lui tournant le dos :
    « Pour un montreur, êtes-vous donc novice ?
» Dieu nous garde jamais de trouver des défauts
» Aux bêtes comme aux gens qui nous rendent service !»

    Cette marmotte avait raison ;
  Et maint distrait devrait bien, à la tête
      De sa maison,
    Avoir pareille bête.

A un Ami

—

LETTRE D'INVITATION

—

Viens assister à l'ouverture
Du premier concert du printemps ;
Sa musique, je te l'assure,
Vaut bien un thème de Vieuxtemps.

L'oiseau, la brise, l'onde pure,
Tout bruit, chante en même temps ;
Comme eux, à la grande nature
Viens rendre hommage ; je t'attends.

Tu trouveras, dans la retraite
Que ta douce muse regrette
La quiétude et la fraîcheur ;

Et sur le seuil de ma demeure,
Pour te recevoir à toute heure,
Un ami bien à toi de cœur !

LA MADONE DES CHAMPS

—

Avril venait d'ouvrir la saison printanière ;
L'aurore en pleurs fuyait devant un jour vermeil,
Quand vers le ciel, donnant le signal du réveil,
S'élança l'alouette, avide de lumière...

Et nous vîmes bientôt, sous les feux du soleil,
Se dresser devant nous la madone de pierre
Dont les regards, brillant d'un éclat sans pareil,
Semblaient à l'Enfant-Dieu pleurer une prière...

Rien ne troublait encor les échos d'alentour ;
Quand, soudain, l'Angelus résonnant dans sa tour,
Un long bruissement courut dans la vallée ;   .

Et la voix de la cloche à nos hymnes mêlée,
Et les chanteurs des bois s'éveillant tour à tour,
Saluèrent en chœur la Reine immaculée !

A un Ami

———

UNE PIPE DANS UN BOUQUET

———

Accepte cette bagatelle,
Que je suis heureux de t'offrir :
C'est une pipe, puisse-t-elle
Te rappeler mon souvenir !

Les fleurs ont un muet langage
Que l'amitié, certes, comprend ;
De leurs corolles se dégage
Un parfum doux et pénétrant.

Mais roses, œillets et tulipes,
Vivent, hélas ! bien peu de jours,
Quand dans nos cœurs et dans nos pipes
Le feu sacré brûle toujours !

LES FLEURS

—

J'aime la Pâquerette,
Étoile du printemps,
Que d'une main distraite
On effeuille à vingt ans ;
Et sa sœur Marguerite,
Que la pelouse abrite
Dans ses plis verdoyants.

17

J'aime la Violette,
Ce modeste saphir
Qui, sous sa gouttelette,
Tremble au moindre zéphir ;

Le Volubilis frêle,
Cette cloche d'argent
Que, du bout de son aile,
La verte demoiselle
Balance en voltigeant ;

Les Iris de Norwége
Flottant sur les ruisseaux ;
Ce Banksia qui neige
Sur un doux nid d'oiseaux ;
Et l'Aubépine blanche,
Odorante avalanche
Qui tombe de la branche
Sur le cristal des eaux !

J'aime la fleur pourprée,
Reine de mon jardin,

Dont la mouche dorée
Hume le suc divin :
La Rose qui, charmante,
S'ouvre et se diamante
Sous les pleurs du matin...

Mais, — image fidèle
De la beauté mortelle, —
Malgré tous ses appas,
La Rose ne vaut pas
Ce Lis qui, sur sa tige,
Avec tout son prestige,
S'élève gracieux
Et réjouit nos yeux :
Le Lis ! — beauté suprême ! —
Qui nous offre l'emblème
De la pureté même
De la Reine des Cieux !

A Madame la Comtesse de Rémusat

———

MON SOUHAIT

———

Pour un premier de l'an, c'est jouer de malheur !
Ce jour m'est justement un sujet de tristesse,
Car je cherche pour vous un souhait de bonheur
Et je n'en trouve point, Madame la Comtesse.

Grande par la naissance autant que par le cœur,
Vous avez, pour surcroît, esprit, santé, richesse :
Que pourrais-je donc bien demander au Seigneur
Que vous n'ayez déjà reçu de sa tendresse?

Mais j'y songe, Madame : au lieu d'un simple vœu,
Dans son temple je vais, sur-le-champ, prier Dieu
Qu'il garde de tout mal cette enfant blanche et rose,

Ce bébé qui nous rit d'un sourire si doux,
Que les anges du ciel en deviendraient jaloux, —
Si les anges pouvaient jalouser quelque chose !

LE FOND DU VERRE

———

Un rimeur ennuyeux et plein de suffisance
(Ces gens sont, par malheur, moins rares qu'on ne pense)
  A son docteur, homme d'esprit,
  Ayant soumis son manuscrit :

« — Que pensez-vous, dit-il, de cette idylle ?

» De mes alexandrins et de ce madrigal?...

» Certes, la poésie est un art difficile ;

» Boileau l'a dit, docteur ; mais un poëte habile...

» Vous ne répondez rien ?... — N'y voyez aucun mal ;

» Je regardais... — Où donc ? — Dans le fond de mon verre :

» Comment le trouvez-vous ? — Votre verre est joli »,

Hasarda le poëte, homme d'ailleurs poli.

« — Eh bien ! je vous avoue, en critique sincère »,

Répliqua le savant sur un ton jovial,

« Qu'il ressemble en tous points à votre madrigal...

» — Vraiment ! vous me flattez... »

C'était tout le contraire :

Le verre du docteur, dont brillait le cristal,

Ne contenait que de l'eau claire.

LE REMÈDE IMPOSSIBLE

(Conte)

Un sultan avait une fille,
Jeune princesse faite au tour;
D'ailleurs, son petit nom de cour,
Mieux que son grand nom de famille,
Prouve qu'elle était fort gentille:
On la nommait Rose-d'Amour.

Le malheur est que la belle sultane,

— Car toute rose à la longue se fane, —

Tomba malade... On appelle soudain

Son médecin.

Huit jours durant, ce savant étudie

La malade et sa maladie,

Puis au sultan parle en ces mots :

« Votre fille a besoin d'un absolu repos...

» — De repos ?... pauvre enfant ! elle est donc bien malade ?»

Fait le sultan Mahmoud. — « Et puis... de limonade »,

Poursuit le bon docteur. « — Répondez-vous alors ?...

» — Je ne réponds de rien... à moins que sur son corps

» Vous ne mettiez... - Quoi donc ? monstre d'apothicaire !»

S'écria le sultan devenant furieux :

« Que veux-tu mettre au corps d'une fille si chère ?

» — La chemise d'un homme heureux...

» — Que ne le disais-tu tout à l'heure, vieux cuistre ?

» Cours, sans plus de retard, chez mon premier ministre,

« Ote-lui sa chemise, et me l'apporte tôt.

» Allah ! j'ai dit. »

Le docteur tout penaud

Va droit chez le ministre et lui conte l'affaire.

« — Fort bien », dit celui-ci ; « mais je ne sais qu'y faire.

» — Quoi ! vous le plus heureux...—Ta langue en a menti !»

Réplique le vizir, transporté de colère.

» Ignores-tu, maraud ! qu'un infâme muphti

» Me noircit chaque jour dans l'esprit de mon maître ?

» La conduite de ce croquant

» Me rend très-malheureux ! Je ne puis te remettre

» Ma chemise, par conséquent.

» — O Mahomet ! où trouver mon remède ? »

S'écria le bonhomme en se tordant les doigts.

Il sortit du palais, sacrant à pleine voix...

En ce moment passait une fille assez laide

Qui s'en allait chantant quelques couplets grivois :

« — Quelle franche gaîté dans votre regard brille,

» La belle ! — Oh ! que nenni. — Bah ! vous chantez pourtant ?

» — Oui, je chante, il est vrai, mais mon cœur n'est content :

» J'ai quarante ans sonnés et suis encore fille !

» Je vous jure, Monsieur, que j'ai bien du souci.

» — Et moi donc ! — Pauvre vieux ! vous en avez aussi ?

» — Hélas ! » fit le docteur en poursuivant sa route,

« Chemise de l'enfer ! te trouverai-je enfin ?

» Ah ! dussé-je t'ôter du corps d'une catin,

» Je t'aurai bien, coûte que coûte. »

Il rencontre un ânier : « Hé ! l'ami, dites-moi,

» Vous avez l'air très-gai, ma foi !

» — Vous plaisantez, Monsieur. — Pas du tout, je vous jure ;

» Vous êtes heureux...—Non!—Bah! j'en suis convaincu.

» —J'ai du chagrin.—La preuve?—Elle n'est que trop sûre,

» Ma femme, ce matin... — Eh bien? — M'a fait c...

» — Au diable le manant et sa bête de somme! »

Un peu plus loin, il rencontre un autre homme

Qui de son sort lui paraît satisfait :

« Enfin », dit le docteur, « voilà, voilà mon fait!

» — Honnête citoyen! » cria-t-il, « je parie

» Qu'il ne doit rien manquer au bonheur de ta vie?

» — Hélas! » fit l'homme en étouffant

Un soupir au fond de son âme,

« Il y manque une chose... — As-tu perdu ta femme?

» —Eh! je suis vieux garçon.— Qu'as-tu donc, mon enfant?

» — J'aime le vin...—Bois-en! — Mahomet le défend!

» — Au diable Mahomet! que la peste le crève! »

Blasphéma notre médecin;

« L'homme n'est donc heureux qu'en rêve? »

Au palais du sultan il s'en retourne enfin,

Jurant tout bas et la peur dans le ventre.

Contre la grille, et sur le sol couché,

Il voit un mendiant: « Quelque Turc débauché! »

Maugréa le docteur. « Ote-toi donc, que j'entre! »

Et lui jette en passant un dédaigneux regard.

Se ravisant soudain: « Jeune homme, par hasard,

» Serais-tu malheureux ? — Mais pas le moins du monde !

» — N'as-tu pas de souci ? — Moi ! pas le moindre ennui :

» Je fume, mange, bois, danse ou chante une ronde ;

» Et veux être empalé, Monsieur, dès aujourd'hui,

   » Si vous trouvez dans la machine ronde

» Un être plus heureux que votre serviteur... »

   A cet aveu, jugez si du docteur

      Dut être grande la surprise :

« — Tiens ! voilà cent écus... — Ah ! Monsieur, quel bonheur !

» Ma peau ne les vaut pas, et ce m'est grand honneur...

» — C'est bon, garde ta peau... donne-moi ta chemise !

» — Allah ! » fit notre gueux, « je le voudrais bien, mais

» Vous me mettez, Monsieur, dans une peine extrême...

» — Ta chemise, gredin ! — Je n'en porte jamais !!... »

La fille du sultan mourait à l'instant même.

A Monsieur Soucaille

—

LA CAGE

—

« Ta voix me réjouit le cœur »,
Disait un poëte oiseleur
A la chanteuse du bocage ;
« Mais, si je te mettais en cage,

» Tu chanterais bien mieux encor?»

» — Nenni, je perdrais mon essor...

» A l'oisillon, comme au poëte,

» Il faut la liberté, l'air pur »,

Gazouilla la jeune fauvette ;

« Si j'entrais là-dedans, pauvrette,

» Je deviendrais bientôt muette ;

» J'y crèverais d'ennui, pour sûr :

» C'est en plein ciel ou dans les branches,

» C'est loin de l'oiseleur méchant,

» Que s'égrènent les notes franches ..

» La cage ne fait pas le chant !

» Crois-moi, ce n'est pas dans les villes,

» Mais dans le silence des bois,

» Que Racan, aux sons des hautbois,

» Soupirait ses douces idylles... »

A Monsieur Paul Bosq

———

LE TÉLESCOPE

———

Maître Benoît, — je narre sans façon, —
Ayant mis l'œil au trou d'un télescope,
Vit... (ce qu'il vit lui donna le frisson)
Un animal plus haut que sa maison ;
Maître Benoît, soudain, tombe en syncope.

Il va quérir le maire et le curé :
« Regardez ! » leur dit-il d'un air tout effaré,
« Je tiens un oiseau monstre au bout de ma lunette ;
» Une autruche à côté serait une alouette. »
Et dans le télescope il regardait encor.
« Triple sot ! à l'œil nu vois plutôt dans la plaine »,
Répartit le curé, riant à perdre haleine.
Comme il disait ces mots, l'oiseau prit son essor ;
Et Benoît, tout penaud, vit voler... un butor !

Je vous le dis sans subterfuge,
(Honni soit donc qui mal y voit !)
Les lunettes de plus d'un juge
Ressemblent fort à celles de Benoît.

A MA PETITE NIÈCE

—

S'il n'est guidé par un bon cœur,
L'esprit n'est rien moins qu'une ortie.
La beauté, sans la modestie,
N'est qu'une rose sans odeur.

A William C. Bonaparte-Wyse

SUR SON LIVRE

LI PIADO DE LA PRINCESSO

Comme la violette,
Poëte,
Dont il a la couleur,
Votre joli volume
Parfume
Et l'esprit et le cœur.

Bien vous a pris, doux maître,
De mettre
Un costume si frais
A votre aimable fille,
Qui brille
Déjà par tant d'attraits !

Sous l'azur qui la flatte,
Éclate
Sa touchante beauté ;
De même se dévoile
L'étoile
Au regard enchanté.

MA RICHESSE

———

Ma richesse, c'est ma lyre
    Qui soupire
Pour toi de tendres aveux ;
Ma richesse, c'est la rose
    Que je pose,
Léa, dans tes blonds cheveux !

MA RICHESSE

C'est la branche d'aubépine
Que j'incline
Vers toi, brillante de pleurs....
Ces blanches perles que l'aube
De sa robe
Laisse pleuvoir sur les fleurs !

C'est un ciel que rien ne voile ;
C'est l'étoile,
Fleur d'or qui s'épanouit
Et se suspend, éclatante,
Sous la tente,
Sous le dais noir de la nuit !

Ma richesse, c'est l'eau pure
Qui murmure
Dans ce val silencieux ;
C'est l'air que ton cœur respire,
Ton sourire,
Tes beaux yeux, tes grands yeux bleus!

Ta voix qui, lorsqu'elle chante,
Ma charmante,

Ravit le petit oiseau ;
Ton pied léger sur la terre,
    Toute fière
De ce précieux fardeau !

Je n'ai pour toi, jeune fille,
    Ni mantille,
Ni collier d'or, ni velours :
Je n'ai, ma belle maîtresse,
    Pour richesse,
Que mon cœur à toi toujours !

L'ANE ET LE CHEVAL

—

« Que ton sort est digne d'envie ! »
Au cheval de labour disait un vieux grison,
Qui se plaignait, non sans raison,
De passer sous le bât les trois quarts de sa vie :

« Tu ne portes pas sur le dos,

» Comme moi, de pesants fardeaux !

« — Sans doute », répliqua le cheval tout en nage ;

» Mais, si je porte moins, je *tire* davantage...

» De nos plaintes, baudet, sais-tu ce qui ressort ?

» C'est qu'au lieu de pester ainsi contre le sort,

» Nous entr'aider serait beaucoup plus sage ! »

LA COLONNE VENDOME

—

L'hydre relève encor la tête avec audace ;
Les cieux sont assombris, la Commune menace ;
En vain le juste prie et se voile la face,
La prière s'arrête aux pieds du Tout-Puissant.

19*

Le canon retentit... la multitude vile,
Dégorgeant des faubourgs dans le sein de la ville,
Allume le pétrole et la guerre civile :
La Seine vers l'égout roule des flots de sang...

Vandalisme ignoré des soldats de Guillaume !
La horde forcenée, en poussant de grands cris,
Sur tous les monuments s'abat comme un seul homme ;

O désastre inouï ! la colonne Vendôme
Croule, ensevelissant ainsi sous ses débris
Tout un passé de gloire exhaussé sur Paris !

A R. Ponson

———

UN BOURGEOIS

QUI PÊCHE A LA LIGNE

(*Étude humoristique*)

———

Après le bourgeois qui dépêche
Un malheureux lièvre à six pas,
De bourgeois, certes, il n'en est pas
De plus grand que celui qui pêche...

C'est au col droit, dont la blancheur
Rehausse ses lunettes bleues,
Que l'on reconnaît de deux lieues
Le bourgeois doublé d'un pêcheur.

Ce sujet, d'ailleurs sans reproche
Le voici qui pose de dos
Devant un groupe de badauds ;
Je vais l'esquisser sur sa roche :

D'une main il tient un roseau,
De l'autre l'hameçon perfide,
Qu'il jette au hasard dans le vide :
Flac ! le bouchon flotte sur l'eau...

Les bras tendus, la bouche ouverte,
Sur sa borne, à califourchon,
Il ne voit plus que ce bouchon,
Qu'il suit de l'œil sur l'algue verte.

« Ce *ligneux* est-il *épatant !*
Dit un voyou. « Dieu ! qu'il est drôle !.. »
Mais le pêcheur tout à son rôle,
L'impassible pêcheur attend.

Qu'attend-il ? — Que le poisson morde !
Plaise au ciel que son asticot
Par un loup de mer soit bientôt
Avalé sans miséricorde !....

« Eh ! bourgeois, voilà que ça mord... »,
Crie un gamin, « une *rascasse !*... »
Pauvre diable ! son roseau casse
Et le poisson fuit loin du bord...

« *Rater* une si belle bête ! »
Fait le pêcheur désappointé :
« Seigneur... que votre volonté
Sur mer et sur terre soit faite ! »

Il remonte sur le rocher,
Tenant sa ligne qu'il rajuste ;
Repique un ver, puis, comme un juste,
De nouveau se met à pêcher...

De l'algue qui monte, s'abaisse,
Et le berce d'un doux espoir,
Il compte bien, avant le soir,
Tirer encor sa bouillabaisse....

Le bouchon replonge : « Un turbot !
» Ah ! cette fois... » dit l'homme, et zeste !
Il l'enlève d'une main preste :
Que décroche-t-il ?... Un sabot ! ! .

Sur cet exploit, l'*Angelus* sonne :
« Quoi ! dit-il, déjà l'*Angelus* ? »
La nuit assombrit le talus ;
Le pauvre bredouille frissonne...

Il s'allonge sur les galets,
Sans but, sans pensée et sans force,
Laissant la ligne et son amorce
Se jouer sur les flots salés...

Un œil doré, dans les eaux mornes,
Brille soudain : « Qu'est-ce ? » dit-il ;
C'est la lune, — poisson d'avril,
Qui le fixe et lui fait les cornes !

LA CHANSON DU BUVEUR

—

En fait de dieux, je ne connais
    Que celui de la treille;
J'aime les belles femmes, mais
    J'adore la bouteille;
Plus mes regards sont obscurcis,
Moins dans le cœur j'ai de soucis.

    Versez, la belle fille,
    De ce vin qui pétille!

Je bois en l'honneur de Noé :
C'est lui, lors du déluge,
Qui, par grand miracle, a sauvé
La vigne du grabuge.
Gloire à Noé ! Nous lui devons
Le jus vermeil que nous buvons.

Versez, la belle fille,
De ce vin qui pétille !

Par sa couleur, le bon vin vieux
Me fait voir tout en rose ;
Je suis muet comme un chartreux,
Mais quand j'ai bu je cause ;
Et, quand j'ai causé, je rebois
Pour me réconforter la voix.

Versez, la belle fille,
De ce vin qui pétille !

Notre curé me dit parfois :
« Prends femme, ou je te damne ! »
Je lui réponds : « J'ai fait mon choix,
» Je prends ma damejeanne...

» Ah ! si vous saviez, quel bon lot !
» L'esprit lui sort par le goulot... » .

    Versez, la belle fille,
    De ce vin qui pétille !

Rien n'est comparable aux glouglous
    Du flacon que je vide ;
A côté, le chant le plus doux
    Me paraît insipide.
Grâce aux glouglous, le plus souvent
L'aube me retrouve buvant.

    Versez, la belle fille,
    De ce vin qui pétille !

Le vin rend, — j'en suis convaincu, —
    L'humanité meilleure ;
Or, jusqu'à mon dernier écu,
    Jusqu'à ma dernière heure,
Je veux, amis, le verre en main,
Entonner ce joyeux refrain :

    Versez, la belle fille,
    De ce vin qui pétille !

TABLE

—

—

LIVRE 1er

(EN PROVENCE)

———

LIVRE II

(DANS LES ALPES)

TABLE 237

LIVRE III

(POÉSIES DIVERSES)

TABLE   239